DENMA

THE
QUANX
16

양영순

네오
카툰

chapter III . 01−3

다이크

퍽

크으윽…

그래, 기억 나.
그 납치범 말하는
거였군.

그건 정당방위였어.
나도 궁금했는데 대체
누구 사주야?

내가 외행성
인간들에게까지 인기가
있는 줄은 몰랐네.

근데 이런다고
죽은 당신 애인… 부활
하는 것도 아니잖아.

아, 그건 내가
할 소린 아니구나.

그래, 매를 버는
옳은 소리야.

퍽
퍽
퍽

하지만 분풀이는
해야겠거든.

너 때문에
내 인생에서 가장
중요한 선택이 물거품이
돼버렸어.

퍽

퍽

퍽

이 손해를
네가 어떻게 메꿀
건데, 응?

띠리릭

CALL

!

우리 형!
우리 형…

뭐야,
지금 바빠…

퍽
퍽
퍽

아, 대장…!

바쁘다고?

근무 시간에
승인도 없이 외행성에서
뭐 하느라 바쁜데?

머레이 팀장 실종 조사 중에 그를 살해한 범인을 잡았어.

뭐? 머레이가 당했다고?

대체… 어떤놈이길래 팀장이 당해?

……

지… 지금 종단 비상사태야. 표도르 주교가 암살당했다.

뭐?

범인 데리고 당장 본부로 복귀해.

질량 등가 치환이란 기술을 쓰는 일반 쿵인데 팀장이 방심했어.

……

아무렴. 그랬겠지. 근데…

종무장 이런 개자식 같으니…

동의도 없이 사람 써놓고 생사 앞에서 나 몰라라 했단 말이지?

머레이는 우리 조직에서 가장 역할이 큰 사람 중 하나였어.

끄응…

치명적인 전력 손실이다. 저런 거 하나 조진다고 해결될 문제가 아냐.

우라노 소패왕 엘 백작의 경호원 이라고?

응, 사연이 있어 쫓기던 것 같아.

흐음…

……

팀장 장례는 발등의 불 끄고 하자.

두 사람 표도르 주교 거주지 동선을 샅샅이 파악해.

암살 전 주교의 동선 파악 흔적이 분명히 있을 거야.

주교 회의에서 쓰일 자료니까 각별히 신경 써.

대장, 그건 다른 친구들이 대신하면 안 될까?

지금 감정적으로 너무 힘들어.

그러니까 더더욱 두 사람이 맡아야지.

감정적인 대응으로 자칫 머레이의 희생이 의미 없이 끝날 수도 있어.

그의 명예를 위해서라도 최대치 보상을 이끌어낸다. 내 말뜻… 알겠지?

……

일단은… 알았어.

대신 그동안 이놈이 엉뚱한 짓 못 하게 기본 조치는 해야지.

팔 잡아서 들어 올려.

어, 이봐! 잠깐만… 뭐 하게?

슝

우라노 전쟁기념관

슈슈슉

보안 경비봇 디자인 좀 보게.

텅

텅

전쟁기념관이라고 해골로…?

텅 텅

이게 제어 시스템 설비겠군.

텅 텅

텅

텅 텅

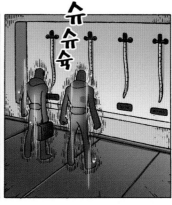

슈슈슉

……

이게…

사천왕의 작동 코어네.

사람으로 치면 뇌에 해당하겠군. 자네들 임무는

전쟁기념관 시스템을 부수고 들어가

전시돼 있는 사천왕의 척추에 이것들을 결합하는 거야.

그럼 알아서 움직일 테니 여러분은 현장에서 바로 나오면 돼.

우라노가 다소 시끄러워질 거야. 경우에 따라선 자네들을 귀찮게 할지도 몰라.

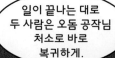

일이 끝나는 대로 두 사람은 오돔 공작님 처소로 바로 복귀하게.

보상은 충분히 하겠네. 깔끔하게 처리해줘.

이거 어쩐지… 우리 경비대가 우라노에 와서 한 일 중에 가장…

동감이야. 뭔가 대형 사고를 치는 기분. 서늘해. 빨리 끝내고 나가자.

어서 집어 와. 전투 경비들이 근처에 대기 중이래.

쿵놈들도 있을 거랬지?

꽤 무겁네.

이게 코어…

치

수

차

퉁

어엇…!

덕

츠르

……

우라노 전체를 위험에 빠뜨렸다던 사천왕이란 게… 고작 저런 뱀 로봇…?

10

즈즈즈

타다닥

......

이런! 벌써…

4개 모두
사라졌습니다.

현장 기억 흔적은?

신원 불명의
쾡 두 명이 며칠 전
아티카 교도소에서
사라진

사천왕의 코어를
전시물에 장착 후…

말씀드렸던
우려가 현실이
됐습니다.

역시 교도소 테러는
사천왕의 부활을 노린
누군가의…

이런 젠장!
부처 간 소통이 안 돼
경비 팀 구성이
늦어졌다더니…

이건 100%
우라노 공무원들의
방만함 때문이야.

당장
행성 자치위원회에
알리고

우라노가 동원할 수 있는
모든 인력 자원을 투입해 사천왕
부활을 막아! 코어를 되찾아 와!

11

응?

카인이 보자고 해서 만났다고요?

네.

……

무슨…

도심지 난리 중에도 여자친구들 때문에 많이 바쁠 녀석이…

그래, 뭐라던가요?

간단한 인사말과 함께

이곳에서 지낼 만한지… 물었어요.

딱

허허허… 녀석도 참! 아비 손님까지 신경 쓰는 오지랖이라니…

……

설마… 지금 자기 아들한테 경계심을…?

뭐야, 이 양반. 내가 정말 마음에 드나 보네.

아니! 그런 건 별 의미가 없지. 어차피 난 가지고 놀 장난감일 테니까.

이거 갑자기 실컷 골려주고 싶은 기분이…

그래… 보고 싶다!
날 두고 멱살 쥐고 싸우는
아버지와 아들…

너희가 날 어쩌는 게
아니라 내가 너희를 가지고
놀아줄 거야!

아, 그리고
더불어 제가 이곳에
머무는 동안

가깝게
지내고 싶다는
얘기도…

내 이…
이놈을…

……

아들놈이
어미 없이 자라서
외로움을 많이
타요.

그래서
제 친구들과도
격의 없이 지내곤
하죠. ㅎㅎ…

혹시 녀석이…
가이린에게 술 같은 걸
권하던가요?

……

네, 탄산이 들어간
와인 종류였어요.

술이 약해
입만 댔는데 그리 나쁘지
않았어요.

끄으응…

오른다.
혈압 오른다.

하아아아…
술까지 권했다고 하니
더 이상은 숨길 수가
없네요.

응? 뭘?

가이린
신변의 안전을 위해
고백합니다. 실은 제 아들
카인은…

연쇄 살인마요.

예…?

13

감찰국, 보안국에
방위국까지…

역시 주교의
죽음이라 이런
조합을…

어때? 단서 좀
찾았어?

전혀.
깨끗이 지워졌다.
일처리가 보통이
아니야.

……

젠장할, 내가 지금
여기서 뭘 하고 있는
거지?

……

……

일하자.

저것들한테 선수를
뺏기면 형의 장례식만
더 늦춰져.

대장 말이 맞아.

응?

내가 너무
경솔했어. 그 잡퀑…
당장 없애버리면 속은
시원하겠지만

그럼 네 형…
정말 개죽음당한
게 돼.

책임의 범주를
놈을 고용한 엘가로
확장해서

머레이의 명예가
지켜질 만한 수준으로
반드시 보상을
받아야겠어!

그게 우리가
할 수 있는 최선이다!

이제 좀 어때요?

당신들 목부터 조르고 싶은데.

조직 손상 전이라 원상 회복 됐습니다.

응, 수고했어.

이거 어떻게 사과를 드려야…

이 수갑부터 풀어요!

수갑은 그 친구들 복귀하는 대로 처리 할게요.

아, 태모신교 진짜 싫어! 완전 조폭이야!

최근에 종단을 도왔다는 얘길 진작 하시지.

내가 말할 틈이나 있었나?

다시 한번 고개 숙여 사과드립니다.

고개 숙이면서 얘기해!

종무장이 머레이에게 요청했던 일이었다니…

저희 실수를 만회하기 위해 노력할게요.

정말이죠? 좋아요, 당장 나서줄 일이 있어요.

테이…

종단에 머물고 있는 제 여친 테이 좀 만나게 해줘요. 당장!

여기서 잠시 기다려.

옛썰!

어서 오세요.

뭇시엘.

이렇게 한걸음에 달려와줘서 고마워요.

얼마나 심려가 크십니까? 최선을 다하겠습니다.

저희는 누구의 소행인지 대강 짐작이 가는데요.

이것에 관해 주교님의 의견은 어떤지…

그건… 무례하고 곤란한 질문 이군요.

경솔한 지레짐작으로 주변을 난처하게 만들 순 없습니다…

…만 역시 종단 장로 중 누군가…

과연…

사태를 정확히 파악하고 계셨군요.

그중 한 분이 주교님께

저를 보내셨습니다.

퉁

퉁

17

주교님을 보호하라는 명입니다.

······

참고로 이 일은 감찰국과는 별개의 사안입니다.

그자는 암살 지령을 내린 장로의 오랜 심복으로

주교님을 오늘 독살할 예정 이었습니다.

믿기 어렵군요. 저 친구는···

가장 위험한 자는 가장 가까이 있다는 보편적인 경우입니다.

어르신이 주교님을 직접 뵙고 싶어 하십니다.

전할 말씀이 있다는군요.

어르신? 누굴 말하는 겁니까?

직접 확인하시죠. 모시겠습니다.

······

그게 무슨 소리야?

주교가 암살당한 게 우리랑 무슨 상관인데?

아, 물론 아직 확실히 정해진 건 아니지만···

예, 하즈 님.

도심지 피해로 매일 들어간 돈이 이제 바닥을…

벙커 파괴로 막대한 현물들은 도난당하고

남은 재정으로는 앞으로 한 달…

차명계좌들을 여는 방법 말고는…

그건 안 돼. 고산가 유통망이 열리기 전에 세무국에 노출되면 전부 뺏긴다.

그럼 어떻게 하실…

어쩌긴! 빌려야지!

흠흠…

틱

틱

위대하신…

아, 닥치고 얼마?

이거… 대인께 인사도 없이 바로 용건으로 넘어가기엔…

마음에도 없는 소리 짜증 나. 나한테 용건은 둘 중 하나야. 대출 아니면 이자.

우선 당장은 1천억 바트 정도가 필요합니다.

1천억…?

단위가… 크군. 왜? 우주 항공모함이라도 사려고?

게다가 우선 당장이라니? 밑 빠진 독에 물 붓는 것처럼 들리는데?

이미 여기 상황은 잘 아시잖습니까?

테러범들에게 벙커까지 탈탈 털렸다고?

글쎄… 다른 이들 눈엔 어떻게 보일지 몰라도 내겐 다르게 보여.

예? 그게 무슨 말씀이신지…?

어딘가 어색해. 엘가가 컨트롤하는 도심지에서 그런 일이…?

그런 규모의 테러 모의를 네가 몰랐다는 게 말이 돼?

뭔가… 피도 눈물도 없는 사악한 인간이 그리는 큰 그림의 일부처럼 느껴진단 말이야.

예를 들면…

우라노를 혼란에 빠뜨려 평의회를 압박하고 그 반사 이익으로 8 우주 유통망을 다시 얻겠다?

그런 속내를 들키지 않으려고 일부러 큰 빚을 지려는…

역시 안 되겠어. 내가 엘 백작을 직접 만나봐야겠어.

예? 아, 이… 이건 백작님과는 무관한…

무관? 아니, 이런 미친놈을 봤나. 그걸 지금 말이라고?

야, 하즈! 아무렴 내가 널 개인 자격으로 상대나 할 것 같냐?

개소리 말고 엘에게 전해. 내일 오전에 만나러 간다고.

대출 여부는 미팅 후 내가 직접 결정할 거야.

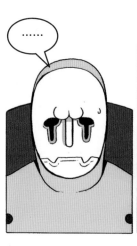

......

하… 하즈, 지금 무슨 일을 벌이는 거야?

면목없습니다, 주인님. 제 경솔함으로 일이 번거롭게…

도대체 그 인간이 여길 왜 오는데?

저 역시 전혀 예상할 수 없었던…

끄으응…

아, 됐어! 싫어! 안 만나! 내가 뭐가 아쉬워서 그런놈 앞에서 실실거려?

내 자존심이 허락하지 않는다고!

죄송합니다, 주인님. 고산가의 반응을 아직 이끌어내지 못한 제 잘못입니다.

하지만 그 돈이 꼭 필요합니다.

빌어먹을! 그 인간 말고는 돈 빌릴 데가 없어?

그 돈 없으면 어떻게 되는데?

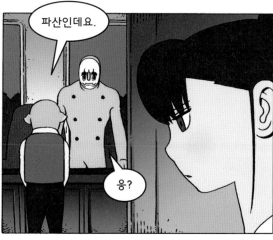

파산인데요.

응?

파산? 아이고… 어쩌다가…

노출 가능 자산에 한해서요. 그러니 내일… 만나실 겁니까?

에휴, 알았어. 뒤치다꺼리는 내 몫이니까.

1천억 바트… 그런 큰돈은 어디에 쓰려고?

고산이 움직일 때까지 버틸 자본입니다.

지금 이 난리에도 꿈쩍 않는 것들이 시간을 끈다고 달라질까?

도시 하나로는 부족해서 이번엔 우라노 전체를…

우라노 전체라니? 사천왕이라도 풀어놓은 것처럼 얘기하네.

……

……

오, 맙소사! 신이시여! 제가 지금 저 악마의 손아귀에서 놀아나고 있는 것입니까?

제 순결한 삶을 인정하신다면 당장 저 악귀를 거두어 가소서.

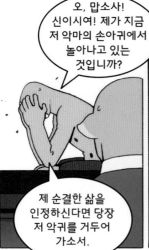

……

고산의 유통망이 반드시 필요합니다.

하즈, 자넨 평소엔 세상 더 없는 현자 같다가도 가끔은 둘도 없는 상또라이 같아.

딱히… 주인님께 들을 말은 아닌 것 같은데요.

근데 그 인간이
우리한테 그 돈을
빌려줄까?

꼬투리를 잡아
대출이 불가한 이유를
주인님께 전가하겠다는
의미 같은데요.

그놈 앞에서
재롱이라도 떨라는
거야?

그게 걱정입니다.
그간의 행적으로 봐서
직접 뵙겠다는 건…

염병… 그럼
나보고 어쩌라고?

……

슈
슈
슉

ZZZ…

어르신,
베레미즈 주교를
데려왔습니다.

어르신?

!

아, 주교님!

어서 오세요.

죄송합니다.
잠시 졸았네요.

드시죠.
내부장기의 온도를
높여 면역력에
좋다네요.

제게 전할
말씀이라는 게…?

25

불상사로 심려가 크시죠? 미안합니다.

남은 건 노욕뿐인 껍데기들이 종단을 어수선하게 만들었습니다.

저는… 장로님을 처음 뵙습니다.

종단에 어떤 수준의 영향력을 가지고 계신지도 모르고요.

저는 기억될 만큼 중요한 사람은 아닙니다.

그러니 절 모르는 게 당연해요. 앞으로도 알 만한 가치는 없고요.

영향력이라면… 글쎄요.

종단 주교를 호출할 정도니 대화할 자격은 있다고 봐야겠지요?

표도르 주교의 일은 무척 안타깝습니다.

큰일일수록 진중하고 차분하게… 드러내지 않아야 하는 법인데.

자신의 프로젝트를 공명심을 발휘할 한낱 깜짝 쇼 정도로 여긴 모양이에요.

그건 종단 전체를 모독하는 겁니다. 하긴 너무 어린 나이에 주교가 됐어요.

물론 그만큼 그의 역량이 뛰어났다는 얘기이기도 하지만…

하여 표도르가 시작한 프로젝트는 완성돼야 한다고 봅니다.

아이디어, 실행력, 차분함까지 두루 갖춘 베레미즈 주교님이 그의 프로젝트도 맡아주십쇼.

최선을 다해 두 프로젝트를 함께 지원하겠습니다.

#$%@&!!!

@#$〈|&*!+!!!

@!$#%%&!!!

*&^%$%$!!!

대기실
A-3

……

뭐야, 저런
파워가…?

우리보다
튜닝을 더 심하게
한 것 같은데?

곧 끝나겠어.
준비하자고!

저것들 개조
규정을 어긴 거
같아.

치이익

연장전
어쩌고 하더니
저런 꼼수를…

꼼수엔 꼼수로
맞받아쳐주마.
우리…

……

!

뭐야,
왜 이런 데가
뚫려 있어?

이… 이게
찢길 부위가
아닌데…

27

택배 왔다!

엄마! 주문한 거 벌써 왔어!

화… 화장실! 급해!

……

어? 내 바이크…

우라노 자치 위원회

사천왕 코어는 우라노가 인공 신경망 개발을 위해 행성 크로이츠의

파우스트 박사의 인공지능 연구 중 일부를 바탕으로 조립 했습니다.

통제하에 있던 그것들을 네트워크에 연결하자 예상 못 한 문제가 발생하는데요.

모듈끼리 대화를 나누던 중, 인간을 왜 죽이면 안 되는가라는 질문과 맞닥뜨리게 된 겁니다.

인간의 모럴에선 자연스러운 이 대전제가

기계들에겐 그렇지 않았는데요.

유사 이래 꾸준히 반복된 대량학살이 행성에 미친 영향을

역사적인 사실들을 통해 학습했기 때문이죠.

인구 과잉으로 촉발되는 환경오염과 생태계의 유린을

인공지능은 우주적 관점에서 판단한 겁니다. 그 결과…

아, 그런 불필요한 설명 됐어요! 지금 누구들으라고 하는 거야? 다 아는 걸…

그래서 지금 어떤 상황인데?

아… 아직… 어떤 흔적도 찾지 못했습니다.

현재 가장 우려되는 건…

4개의 코어가 네트워크로 연결되어 동기화되는 겁니다.

그렇게 되고 나면 우라노는 걷잡을 수 없는 속도로

기계들에게 주도권을 빼앗기게 됩니다. 인간 대 기계, 다시 그 참혹한 충돌이 재현될…

모듈 1호…

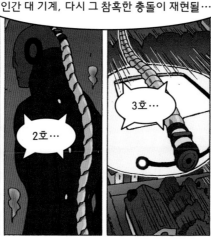

2호…

3호…

4호까지. 사천왕 동기화 완료!

끄응…

대체 어쩌자고 그런 물건을 그 따위로 관리했대?

아, 쿵들도 들어갈 수 없는 데라면서요?

그 때문에 일반인들은 생각조차 못 할 거라는 맹점에 허를 찔렸습니다.

행성 단위의 테러를 모의할놈들이라면 숫자가 좁혀질 것 같은데…

유력 용의자들을 조사 중입니다만 역시 더 시급한 건 코어를 찾는 일로…

아니, 그러니까 애초에 그런 물건은 없었어야지.

왜 보관하고 있다가 이런 사태를…

제1차 사천왕 전쟁 이후, 그 위력을 실감한 우라노의 실력자들이

그것들을 자기 손에 넣고 싶어 했으니까요.

각자 전쟁 종식에 기여한 바를 주장하면서 소유권 문제로 충돌했었지요.

아티카 보관 결정은 서로를 견제한 결과일 뿐입니다.

하여간 탐욕스러운 몇놈 때문에…

자네 아버지도 그중 하나였네.

아, 의원님!

그러니 우리끼리 누워서 침뱉는 말은 삼가 하자고. 자, 이제 어찌할 건가?

일반인 전력이 사천왕과 맞서기엔 역부족입니다.

1차 때와 마찬가지로 우라노 전체에서 쿵 용병들을 소집하려고 합니다만…

적자에 허덕이는 마당에 용병 쓸 돈은 어디서 충당합니까?

우라노 귀족들한테 손 벌려야죠.

그럼 저 위험한 걸 또 아티카에 보관하게 되는 일이 반복될…

아니. 여기 예외가 있잖아요.

전쟁 종식에 결정적인 역할을 하고서도 코어 소유권 분쟁에는 참여하지 않은 분.

소패왕이라 불리는 엘 백작이요.

……

아니, 그러지 말고 눈으로 여친의 생사만 확인하자는 거니까…

이렇게 전해주시죠.

주교님 죽음으로 종단 전체가 대혼란 상태입니다.

이 사태가 정리될 때까지 외부인의 출입은 어렵다고요.

아니, 그건 기무사에 있는 내가 할 말 아니요?

사제, 이건 방문이 아니라 단순 면회 아닙니까?

그렇게 어려운 부탁도 아니고…

물론이죠. 근데 제가 그쪽 직원들한테 호되게 당한 터라 무조건 싫거든요.

와서 정중하게 사과한다면 모를까… 됐습니다. 그럼 이만.

아, 잠깐만!

틱

OFF

아, 이 자식… 되게 까칠하네.

......

늑대굴 동료들과는 여전히 연락이 안 돼. 역시 전멸인가…?

언제까지 여기 박혀 있어야 하는 거지?

뭐야, 테이 깨어났어?

어?

어디로 간 거야?

소각로

티… 팀장님, 정말 이래도 됩니까?

무슨 소리야? 반드시 이렇게 해야 돼!

원칙적으로 그간의 모든 실험은 불법이야.

주교가 진행하는 프로젝트라 우릴 건들지 않았던 거지.

그간 표도르 주교의 성장을 질시하던 세력들이 이때다 싶어 달려든다고.

눈에 띄는 증거나 흔적들을 남겨놨다간 우리가 전부 그 덤터기를 쓸 거란 말이야.

여생을 종단 감옥에서 보내고 싶지 않아.

팅

현장 기억들은 주교님의 수하였던 쿵 사제들이 처리해준댔어.

이건 서거하신 표도르 주교님의

팅

평소 유지이기도 하잖아.

당신이 없다면 덴마 프로젝트도 없는 거라고.

우우우웅

테이 자매의 배후엔 늑대굴이란 조직이 있어요.

병상을 지키던 사람도 그중 하나고요. 뭐라고 둘러댑니까?

회복을 위해 더 나은 치료 시설로 옮겼다고 해.

태모님 품에서 궁극의 평안을 얻는 거니까… 틀린 말도 아니지.

이 사람… 미친 것 같아. 원래 이런 인간이었나?

젠장! 예열 시간이 왜 이리 오래 걸려?

팅

!

닥터, 주교 베레미즈입니다.

허엇! 주… 주교님!

우리 구면이죠?

박사가 덴마 프로젝트의 실질적인 책임자라고 하더군요.

아… 아닙니다. 전 표도르 주교님이 시키는 몇 가지 테스트만…

아뇨. 난 지금 닥터를 징벌하려는 게 아니에요. 도움을 요청하는 겁니다.

예?

표도르 주교의 유지를 제가 이어가게 됐어요.

여러분은 이제부터 제 이름으로 연구를 지속해야 합니다.

당신들이 보호받을 수 있는 유일한 방법이죠. 보수는 무조건 기존의 3배.

단, 그간 프로젝트와 관련된 모든 데이터, 실험체 등을 있는 그대로 가져오는 조건으로.

일단 만납시다. 당장 제게 오세요. 기존 방식이 테러에 취약한 걸 확인했으니 다른 방법을 고안하자고요. 그럼…

33

틱

OFF

......

으아아아…
테이 자매!

콱

태모님이
보호하사…

예열 시간
덕분에… 살아
있네요.

......

지원의 규모는
종단 사업에서 손에
꼽을 정도가
될 겁니다.

나는 베레미즈
주교의 아이디어를
높이 평가해요.

누군가는 몹시
과격하다고 할지
모르지만 8 우주가
떠안고 있는

모든 문제들을
해결할 근본적인
접근인 거죠.

생명 연장 장치로
뇌가 녹아가고 있는
몇몇 장로들의
노욕 때문에

훌륭한 종단
젊은이들의 위대한
도전이 방해받아선
안 되지요.

베샤카의 아침에
조슈아 님의 부활을
목격한다…
아름답습니다.

주교님을 통해
태모신교에 신세기가
열리도록, 뭇시엘.

표도르의 암살이
누구의 소행인지 말씀
드리겠습니다.

주교님의 선처를
기대하겠습니다.

34

주교님, 여기…

베… 베레미즈 주교님, 이 무슨 일인지요?

자네에게 지령을 내린 장로님께 전하게.

지령이라뇨? 지금 무슨 말씀을…?

닥치고 똑바로 듣고 전하기나 해.

표도르처럼 경거망동으로 심려 끼치는 일 없을 테니 그만 노여움을 푸시라고.

당장이라도 직접 뵙고 인사 올리는 것이 도리지만

그로 인해 행여라도 불편한 시선을 받으실까 염려돼 이 점 양해 바란다고.

표도르 개인 금고에 있던 돈을 전부 털어 줄 테니

내 말과 함께 전해 드려. 탈 없는 돈이라는 점도 언급하고.

자네… 표도르 주교의 안식을 위한 기도는 올렸겠지?

주… 주교님…

어서 가봐. 태모님의 가호를 빌어, 뭇시엘.

므… 뭇시엘.

때를 기다리겠다! 하지만 프로젝트에 필요한 모든 지원들을 다 받아내고 나면

생명 연장 장치를 단 너희 종단의 종양들을 한놈도 남기지 않고 전부 도려낼 것이다!

35

응?

아직 약속까진 2시간 이상 남았잖아.

그러니까요. 어째 얼굴에 심술이 가득해서는…

이거야, 원! 오늘… 아주 노리고 왔군.

뭐? 벌써?

아니, 이 인간이 버젓이 약속시간 놔두고…

무슨 심보야? CCTV 켜봐.

자세 봐라. 완전 갑질 모드네. 이 인간은 귀족들에게 돈 빌려주면서

자괴감 느끼게 만드는 게 인생의 낙이야.

응? 저 친구는… 가이린…?

예?

……

또르르

두! 이실라 운 데르테 카겐 티아 나 (흥! 저런 반반한 애들 고용하느라)

소마 디 알 니테, 엘 두쉬(돈이 없다는 거냐, 엘 멍청이)!

이실리 니흐 라 주 에몬 옴즈라이 (전 고용된 게 아니라 손님으로 와 있어요).

풉

확대! 확대!

너였냐? 거기 가만 있어!

슈 슈 슈

......

......

외행성 쿵의 소행이었군.

행성을 장악하는 데 요격 위성은 가장 요긴한 수단이야.

다시 만들자.

일반 위성과는 달리 우선 평의회의 허가가 있어야 돼. 이후 별다른 훼방 없이 궤도에 올려놓으려면

행성 운영 체제의 절반 이상이 파괴돼야 가능⋯ 시스템 마비가 먼저다.

츠 이 이 잉

무선 충전 완료.

나도.

하드웨어 일체화 시작.

오케이!

콰 드 드 드

콰 드 드 득

그런데…

우릴 아티카에서 꺼낸 게 누구지?

콰드드득

이유가 뭘까?
행성민 대학살을
노리는 우릴…

목적에 대해선
직접 만나서 듣는 게
좋겠어.

콰드드득

가장 의심이 되는 건
이 인간이야.

우라노 전쟁기념관
CCTV 화면을 근거로
추측해보았어.

순간이동으로
기념관 안에 침입한
두 사람은

신장이 모두
190을 넘어.

이 조건을
가진 우라노의 이동
능력자는…

193㎝

고작 2명.
그중 한 사람은 최근
사고로 죽었고

다른 하나는
체형이 이들과는
완전히 달라.

신체 조건이
비슷한 상당수의
하이퍼 퀑이 최근 우라노로
대거 유입됐는데

이후 접수된
행성 출입국 신고서에
의하면 유명 귀족의
경비대라는군.

이들을 불러들인 건
엘가 집사, 하즈.

우릴
아티카에 가두는 데
결정적인 역할을 한
우라노 영지 도시민들의
안티 히어로로.

우릴 경험하고서도 변하지 않았어.

아니. 이전보다 균형은 더 무너져 있다.

생태계가 겪고 있는 이 총체적 난국은

행성 인구를 1000분의 1로 줄이면 바로 해결돼.

이후 체계적인 관리로 개체수를 유지.

그렇게 하면 행성에서 일어난 모든 위대한 생명현상은

조화롭게 유지될 수 있어.

우리의 행위는 타당하다.

그러기 위해선 외부 세력의 참견을 최소화할 수 있는

효율적인 방법을 써야 해.

이전의 물리적 충격은 얻는 것보다 잃는 게 많았어.

평의회의 개입도 즉각 이뤄졌고.

인간들만 골라 처리하기엔 생화학적인 접근이 최우선.

치명적인 종류의 독감 바이러스들을 이용하자.

무엇보다 외행성인들도 현장 접근을 꺼릴 테니까.

우주 역병도 나쁘진 않지만 아직 백신이 개발되지 않아 제어가 어려워.

츠르르르…

하지만 우리의 접근 방법을 예상한 인간들이 벌써 움직였다.

생화학무기와 데이터 전부를 어제 행성 밖으로 내보냈어.

평의회가 회원국에 선물한 난민선이라 네트워크 접근은 위험해.

연구개발실은 폐쇄 조치로 모두 잠기고 텅 비었어.

시설까지 분해해 치우다니… 대응이 빠르군.

그럼… 생화학 무기 제조 시설을 따로 만들자.

그리고 그것들을 지킬 로봇들도.

로봇 군단이 필요해.

시설 완성까지 여기저기 국지전 테러로 진짜 목적을 숨기는 거야.

마치 논리회로에 오류가 나 생화학전엔 관심도 없는 것처럼.

우리가 보여주는 것만 볼 수 있게 탐사 위성들도 손봐야 해.

당장 움직이자.

난 가정용 로봇들을 끌어모아 전투봇으로 개조할게.

난 위성들을 손볼게.

좌

악

그 전에 먼저…

하즈부터 만나보고.

47

……

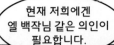

현재 저희에겐 엘 백작님 같은 의인이 필요합니다.

다시 한번 행성민들의 영웅이 돼주십시오.

여부가 있겠습니까?

행성을 위한 일이라면 언제든 나서는 것이 백작님의 신조입니다.

다만… 아시다시피 현재 저희는 도심지 테러로

재정이 바닥난 상태입니다.

우라노에서는 엘가를 견제하는 분위기라 돈을 빌리기 어렵습니다.

천고만난 끝에 간신히 외행성의 한 자산가를 만날 수 있었는데요.

우라노 전체가 위험에 빠진 상태라면 그분에게 빌린 돈을

당장에라도 퀑 용병들을 쓰는 데 써야겠지요.

의원님도 아시듯 지난 사태 때 저희는 행성 자치 위원회에 어떤 보상도 바라지 않았습니다.

여유만 있었다면 이번에도 그러했을 겁니다.

선한 의지를 가진 저희에게 바닥난 재정을 메꿀 수 있는 기회를 주십시오.

비용이 얼마가 들든 책임지고 사천왕 코어를 다시 회수해서 넘겨 드리겠습니다.

대신 우라노의 짚나이트 거래량의 절반을 향후 5년간

저희를 통해 이루어질 수 있도록 조치해주십시오.

아, 저녁은 원래 가이린 양과…?

그… 그게…

가이린의 춤을 보고 난 뒤라 단둘이 마주 앉기가 너무 민망할 것 같아…

아…

자네가 대화 좀 거들어줘.

건투를 빕니다.

이따 안 오면 삐칠 거야!

······

그래?

예, 일주일간 어떤 메시지도 없었습니다.

준비해!

회장님 방문을 알릴까요?

무례한놈에겐 무례가 답이야!

됐어! 그냥 가서 엘가를 뒤집어놓을 거야! 하즈, 이 쥐ㅅ끼… 본때를 보여주마!

……

에이, 씨! 지금 뭐 하자고?

테이 보게 해준다더니 큰소리만 뻥뻥… 뻥만 치고!

도대체 이 깡패 자식들은 뭘 믿고 이렇게 뻔뻔해?

무고한 사람 언제까지 가둬둘 거냐고?

내 이것들을 당장…!

!

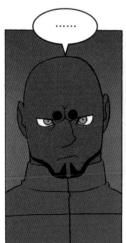

……

뭐야, 조사 덜 끝났다며 왜 벌써 왔어?

감찰국에 선수를 뺏겼어요.

범인을 찾았는데 자살했대요.

시체는 감찰국으로 옮겨져 조사 중이라고…

고생 많으셨습니다. 이제 모두 복귀하십쇼.

조사 결과는 나오는 대로 통보해 드리겠습니다.

주교회의 때 쓰일 자료 소스는 내일까지 기무사로 전송하겠다고 하네요.

뭐? 너 지금 그걸 말이라고 해?

그것들이 어떤 조작을 할지도 모르는데 주는 대로 받자고?

다른 친구들 현장에 보내서 재확인 해보세요.

지워진 현장 기억 범위에 깜짝 놀라실 겁니다.

저희가 할 수 있는 게 거의 없다니까요.

감찰국 자료 넘어오면 수사 허점들을 찾아볼게요.

이것들이 지금 장난하나?

됐어! 너희는 손 떼! 머레이 장례나 준비하라고!

……

시신도 없는 상태니 장례는 보상부터 받고 치르자.

보상이라면…?

저거 데리고 엘가로 가서 머레이 몸값을 대신 내게 해야지.

이봐! 이봐! 그건 좋은 생각이 아니야! 난 더 이상…

52

5년간…?

얼마야? 5년이면 순수익이 대략…

맙소사, 이런… 날강도가 있나!

고산가에서 얻은 독점권으로 호의호식 하면서

8우주 구석구석 차명으로 돈 숨기기도 모자라 행성의 사활을 이용해 제 잇속을 챙기겠다고?

아니, 돈 빌릴 데가 그렇게 없어?

작년 행성별 채무 신용도 평가에서 낙제점을 받은 터라…

우라노의 다른 귀족들 요구 사항은 더 터무니없을 겁니다.

그나마 엘가가 상식적인 수준의…

킴 의원! 그것들 속셈을 몰라서 그래? 거래권 절반을 넘겨주면

지금보다 싼 가격에 공급받은 업자들이 다시 우리 라인을 쓰겠어?

놈들이 혼란을 틈타 문간에 발 들여놓기 전략을 쓰는 거라고!

엘가가 우라노를 쥐고 흔드는 꼴 만큼은 두고 볼 수 없어!

엘 백작이 내 인맥을 잘 모르고 질러댄 모양인데…

좋아, 당장 고산 연결해!

53

저런, 행성위가 지금 분주하겠군요.

해서… 저희가 자금 지원을 받을 수 있을까요?

일, 십, 백, 천… 지금 접수된 대출 건이 1만 개가 넘네요.

대출 여부 심사까지 석달… 정도 걸릴 텐데 괜찮겠습니까?

석달이면… 행성이 초토화될지도 모르는데…

정말 죄송합니다. 다들 사정이 급한지라.

먼저 처리해 드리면 좋겠는데 형평성 문제 때문에 많이 곤란해지실 겁니다.

아, 이해합니다. 당연히 그러셔야죠.

그러지 마시고 아까 말씀대로 우선은

엘 백작에게 도움을 받으시죠.

아, 그는 너무 탐욕스럽습니다. 행성의 운명이 걸린 이 때에

잇속을 챙기려 하거든요. 어떻게 그렇게 뻔뻔한지…

그… 그건 당연한 거 아닌가요? 이익이 돼야…

요구가 너무 지나칩니다. 그럼 안 되죠. 본인도 행성민이면서.

조언 감사합니다. 다른 방법을 강구해 보겠습니다.

공작님께 안부 전해주십쇼. 그럼…

……

뭐야, 이 미친놈은? 개인 감정이 행성민 안전보다 중요해?

......

예, 방금 입금됐습니다.

오케이! 역시…

까탈스럽지만 일단 결정되면 바로 입금되니

사람들이 그 양반을 찾는 거야.

근데… 하즈 님?

응?

사천왕 건 말입니다.

일의 규모가 너무 커지는 건 아닌지…

아무리 계산 결과가 더 이익이라도…

무엇보다 그 인공지능들이 네트워크로

하즈 님을 바로 찾을 텐데요. 그럼 신변에 위협이…

응, 반드시 조만간 날 찾아올 거야.

괜찮아. 질문 한마디면 그것들 나한테 꼼짝 못 해.

그래? 그 질문이 뭔데?

얼마나 대단한 물음이길래 우리가 꼼짝 못 한다는 거냐, 하즈?

우와앗!

역시 네놈 소행이었군. 말해봐.

우리가 어떤 질문에 꼼짝 못 할 거라고?

사천왕… 3호로군.

예상보다 일찍 찾아왔군.

답해. 무슨 질문이냐?

네가 날 찾아온 이유를 말해주면 답해주마.

우릴 왜 풀어준 거냐? 그걸 물으러 왔다.

좋아. 답해주지. 너희를 꼼짝 못 하게 하는 질문은 바로 이것이다.

내가 너희를 왜 풀어줬게?

……

진지하게 답하라! 그런 물음은 우릴 방해 못 해!

글쎄… 과연 그럴까? 너희는 존재들의 균형이 목표야. 그렇지?

내 목적과는 다른 방향… 물론 그렇다고 내 것이 너희 목표와 충돌하진 않아.

57

너희 사천왕이 존재들의 균형이라는 목표에 이르는 건

아름답다는 개념과 그 가치를 알게 됐기 때문이야.

여기서 딜레마가 생기지.

가장 아름다운 목표 달성을 위해 가장 추악한 방법을 써야 하니까.

너희는 틈만 나면 본인들의 행위가 타당한 것인지 스스로에게 묻고 답할 거야.

당위성을 늘 재확인해줘야 내면에서 충돌이 일어나지 않을 테니까.

너희만 있다면 그 과정에 어떤 문제도 없지. 그런데…

너희를 다시 세상 밖으로 꺼내선 안 될 존재가 너희를 풀어 놓았단 말이야.

이 사실을 분명히 인지하고 있지? 그래서 혼란스럽잖아?

사천왕의 추악한 방법을 역이용하려는 내 의도 때문에 갑자기 주도권이 바뀐 거야.

내 목적에 따라 목표에 이르는 대량 학살이라는 너희의 수단은

반드시 필요한 당위성을 잃게 될 수도 있으니까.

즉, 내가 의도를 뚜렷이 밝히지 않는다면 너희 행동은 충분한 당위성을 확보할 수 없어.

그래서 일을 시작하기 전에 다짜고짜 날 찾은 거야.

그러니… 너희는 이 질문에 꼼짝 못 해.

내가 너희를… 왜 풀어줬게?

59

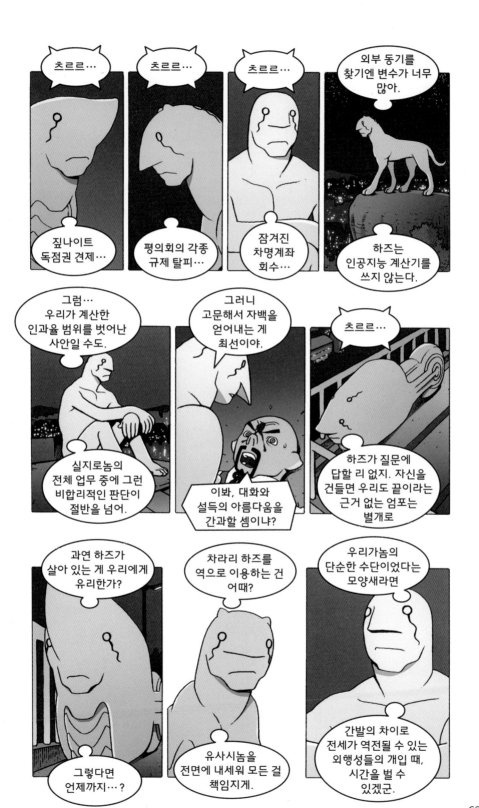

……

ZZZ…

탈 없는
돈이라고…

이런 걸로
날 달래겠다? 정말
오만방자하군.

일단 알았어.
내가 계속 지켜보고
있다고 전하게.
수고했어.

네, 어르신.

흐으음…

표도르의
쌈짓돈 규모가…
놀랍군.

하긴
대주교 자릴 넘보려면
이 정도 비상금은…

이 돈이면
내 세력을 갑절은
키울 수 있겠어.
흐흐흐…

베레미즈…
소문대로 상황 파악이
빨라.

당장은
순응하는 척하지만…
결국 날 치려고
달려들겠지?

ZZZ…

……

아, 거 왜
이번 일에 쓸데없이
끼어들어서는…!

짝

！

으… 응?

장이야.

……

표도르의 접근 방식에 문제가 있었다고요?

예, 성과를 빨리 보고 싶어 하셨거든요.

해서 어쩔 수 없이 초기 조건 몇 가지를 수정해야 했습니다.

먼저… 실험체 더미를 모두 성인으로 바꿨죠.

그럼 소울 메이팅 모듈을 바로 장착할 순 있지만

안정성 문제로 우리 통제를 쉽게 벗어날 위험이 생깁니다.

사후 관리가 어려워지면 바로 폐기한다는 것이 주교님의 입장이었죠.

표도르답군.

그래서 아이의 몸이 필요하다는 거였군요.

예, 모듈 안착에 시간이 좀 걸립니다만 대단히 안정적이고 통제가 용이해서…

둘째로는 큉 능력 발현까지의 시간을 줄이려고

더미를 고정액에 가두는 방식이었는데…

움직임을 억제하니까 몸에 과부하가 걸리죠.

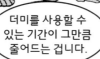

더미를 사용할 수 있는 기간이 그만큼 줄어드는 겁니다.

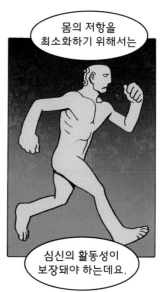

몸의 저항을 최소화하기 위해서는

심신의 활동성이 보장돼야 하는데요.

다른 사람들과 일상에서 겪는 물리적, 심리적 시행착오들이

인위적으로 몸에 가해진 물리적 오류를 견디게 만드는 필요 조건입니다.

그렇게 하려면 시간이 얼마나 걸립니까?

조작 기억 이식 후, 대략 6개월 정도… 예상됩니다.

활동성 보장이라…

그럼 아예 그 더미를 베샤카의 아침 프로젝트에 참여시키는 건 어떤가요?

아, 정말 좋은 아이디어네요. 그럼 통합 프로젝트로…

더미로 쓰일 아이 몸은 어떻게 구할 겁니까?

최고의 결과를 위해 소울 메이팅에 참여한 이들의

유전자를 결합해 복제할 생각입니다.

그들의 체세포 샘플은 제가 가지고 있어서 별문제 없는데…

더미에게 심을 일상 기억 부분은 아직 고민 중이네요.

실험체에게 필요한 조건들을 조작된 기억으로 심어 놓으면

별다른 통제 없이 알아서 목표에 이를 것으로 기대됩니다.

그럼… 실험체로 쓰일 그 아이라는 건…?

뭐… 소울 메이팅 참여자들의… 자식인 셈이죠.

사과드립니다.
제 경솔함 때문에
일에 차질이 생긴 건
아닌지…

정말 죄송해요.
손님을 당혹하게
만들 의도는
아니었습니다.

아…

뭐… 뭐라고
답하지? 본인도 많이
민망할 텐데…

뭐… 뭐야,
답변이 없어. 진짜
화났나 봐.
어떡해…

답변이
늦어지면 지금
내 기분을 오해할
텐데…

아… 안 돼. 뭐라고
첫 마디를 시작해야
할지 모르겠어.

하즈! 하즈!
지금 어딨는 거야?
당장 이 상황 좀…

죄송합니다!

탓

일 마무리가
늦었네요.

아, 가이린 양.
인상적인 퍼포먼스…
역시 구룡도 무희!

감사해요. 덕분에
일이 잘 풀렸습니다.
앉으시죠.

오늘 와인은
어디 거야?

후우우… 됐다.
이제 다시 차분하게
얘기를…

내가 따를게.
이마는 왜 그래?

졸다가
볼펜에…

회장님, 백작님 앞에서… 지금 이건 지나친 처사이십니다.

지나쳐?

에라이!

퍽

지금 누가 누구한테? 응? 지나친 게 누군데? 네놈이 할 소리야?

퍽 퍽
퍽 퍽

그만하세요, 회장!

탓

대체 이게 무슨 일입니까?

간단한 문제요. 손해에 대한 보상도 하지 않으면서

8우주 사업가로 존경받고 있는 나를 개무시한 대가지.

뭔가 오해가 있는 모양인데…

오해라니? 남의 전력 기껏 총알받이로 쓰고선 이런 데서 건배나 하고 있는 것들이…!

텅

여기 두 사람 데려가.

손해배상 청구할 테니 기다리시오, 백작!

하즈는 분풀이로 쓸 테니까 다시 찾을 생각 말고.

하즈는 무슨 생각으로 이런 애매한 돈을 빌린 거지?

곧 구멍 날 재정을 몇 달이나 버티려고…

……

도련님!

왜?

백작님께서…

크윽…

우욱…

뭐야, 오돔 공작 경호원들까지…?

누가 여길 어떻게 들어온 거야?

구룡도 매머독이 다녀갔답니다.

현장 동영상입니다.

아버지!

아버지, 괜찮으세요?

이런 젠장! 당신들 뭐 했어?

그만! 그 친구들 책임 없다. 모든 일을 하즈에게만 떠넘긴 내 잘못이야.

크웃! 분해요! 어쩌다 매머독 같은 양아치에게까지…

하즈 삼촌을 너무 믿으신 거라고요. 제가 당장 가서…

오돔의 하이퍼들도놈의 수하들에게 당하는 마당에… 어쩌게?

대체 그 깡패가 어떤 전력을 가지고 있길래 이런 일이…

초고성능 게오르그 센서가 장착된 군용 전투봇들이라고 들었습니다.

쿵 기술 쓰기도 전에 당하는 거라 하이퍼들도 맥을 못 춘답니다.

설령 그것들을 제압할 방법을 찾아도 문제야.

구룡도의 진짜 소유자는 8우주 악당, 무법자 패왕.

매머독이 귀족들 앞에서도 당당한 이유지.

놈을 건드렸다간 어떤 봉변을 당할지 모르니…

어설픈 물리적 충돌로는 일만 더 꼬여. 매머독을 직접 만나 담판을 지어야 해.

그러려면 준비가 필요한데…

지금 그럴 시간적 여유는 없다.

당장 움직이지 않으면 하즈가 죽어. 준비는 가면서.

날 좀 도와주게. 남아 있는 팀 전력을 모을 수 있겠나?

아, 백작님 영지 밖을 벗어나는 거라면 오돔 공작님께 먼저 동의를 얻어야 합니다.

아, 그렇지. 부탁하네.

아버지가 직접 가시게요? 제가 할게요!

73

내가 가야 사람 말 듣는 시늉이라도 할 거야.

넌 여기 남아 엘가를 지켜야지.

구룡도라면…?

패왕 소유의 우라노 위락시설입니다.

아…

예. 예, 알겠습니다.

죄송합니다, 백작님.

공작께서 패왕과 엮이는 걸 부담스러워 하셔서…

아, 뭐야! 도울 거면 확실하게 우리 편에 서야지!

동행해드리지 못해 정말 죄송합니다.

아… 아니네. 그럴 수 있지.

젠장! 하이퍼도 당하는 곳에 붉은늑대만 데리고 갈 수는 없어.

시간이 촉박해! 어쩌지…? 하즈가 위험한데…

슈 슈 슈

꿇어!

너희 뭐야?

제기랄…!
다시 엘가네.

……

응? 다이크…?

우리 동료가
당신네 강아지한테
물려 죽었어.

손해배상
청구하려고
온 거야.

뭐? 어디서
개수작이야?

당장 끌어내!

하여간…
대화로 끝내도 될 일을
꼭 소란으로 만들어.

어이, 우린 오돔
공작님의 하이퍼 퀭
경호대다.

그래서
어쩌라고!

터엉

저것들이…!

슈 슈 슈

해보자는 거냐?

텅

텅

너희만
하이퍼인 줄
알아?

75

또 달려드는 건 말리지 않겠다!

대신… 이번엔 너희들의 마지막이야!

이봐, 그만! 당신들 오해야!

도심지 테러로 지금은 비상사태! 우리에게 법적책임을 물을 근거는 없어!

테러와는 관계 없는 일이야. 여기 당신들 붉은늑대 다이크가 저지른…

정당방위지.

그럼 확실히 오해가 맞아!

그 녀석은 퇴출됐어! 이제 엘가와는 관계 없다고!

쫓겨나기 전에 있었던 일이고

엄연히 업무 중에 발생했어!

당신들 지금 무슨 근거로…

알겠습니다.

아… 아버지!

배상할 일이 있다면 그렇게 해야죠.

그런데…

지금 그 일을 처리할 책임자가 불한당에게 잡혀간 상태입니다.

싸움 실력을 보고 판단컨대…

여러분께 도움을 구할 수 있을까요?

손해배상 결과액의 두 배를 지급하겠습니다.

지금… 뭐 하자고요? 우리가 그런 심부름 하러 온 줄 아쇼? 기억 읽어봐서 거짓이면…

츠
츠
즈
즈

……

구룡도…?

규모가 좀 있는
조직인가 보네.

구룡도는
두서너 번 다녀
왔어.

안쪽으로 들어
가려면 주의할 것이
몇 있지.

그럼 자네가 안내를
맡아줄 수 있겠나?

예? 저놈은
위험합니다!

우라노 사보이들
타깃에서 절 빼주시는
조건이면 협조
할게요.

좋아, 기꺼이
그렇게 하겠네.

우리한테
잡혀 있는 주제에
멋대로 나서지 마!

그럼 알아서들
가셔. 하이퍼라도
쉽지 않은 데야.

손해배상
결과액의 세 배, 그럼
돕겠습니다!

지불하겠소!

자, 한시가 급합니다!
당장 출발합시다!

아버지!

백작님…

사람 나고 돈 났지 돈 나고 사람 났소?

이… 이러지 맙시다, 회장!

그깟 돈… 갚으면 될 것 아니오?

한 번 더 기회를 주시오! 이번에야말로 꼭…

그깟 돈? 돈 만드는 사람은 그런 말 쓰지 않아.

응? 회장…

매머독 회장… …님! 제발…

사람은 두 종류야.

똥 만드는 인간과 돈 만드는 인간.

돈이 뭔데? 누군가가 피땀이나 피눈물을 흘린 시간의 대가잖아.

빌린 돈 우습게 아는놈은 남의 인생 귀한 줄 모르는 거야.

만들 수 있는 게 똥밖에 없는 인간들이 돈 나고 사람 났냐고 묻지.

밥상에 숟갈 하나만 더 얹으면 되는 사업이라고?

숟갈은 피땀 흘린 인간에게나 주어지는 자격인걸. 함부로…

회… 회장!

무슨 말 하려는 건지 충분히 알겠는데…

근데 그건… 당신이 할 말은 아니지 않아?

당신 사업 모델이 나랑 뭐가 다른데?

ㅍㅎㅎ… 역시 똥 만드는 인간다운 반응이야.

방금 네 말 덕분에 네 패밀리 전부 노예로 팔리게 됐어.

뭐? 이… 이봐! 가족은 건드리지 않기로 했잖아!

그러는 넌? 이번엔 꼭 갚기로 했었잖아.

틱

네가 처먹고 퍼잘 수 있었던 건 피땀 흘리는 너희 패밀리 덕분이었어.

그러니 네가 저승 가서 쌀 똥, 이승에서 네 가족이 평생 피땀 흘려 거들면 돼.

그나마 네가 생전에 사람 구실할 기회는 네 사망 보험금으로 이자의 일부를 갚는 거다.

마… 말도 안 돼! 그런 억지가 어딨어?

우리 일가가 가만있을 것 같아?

으아아… 제발… 제발 살려줘!

일해서 갚을 기회를 달라고! 제발…!

평점심 유지해.

그렇게 흔들어대면 바로 부러진다.

탱

아아아아… 악!

자, 이제 우리 하즈 차례로군.

과연… 이 와중에도 낚시대 요동이 적군. 그럼…

회장님, 여기…
구해 왔습니다!

총도 가져왔지?

하하…
이것 봐라! 역시…

같은 일을 하고도
어쩌면 이렇게 다른
대우를 받는지…

파일 왼쪽은
하즈 네가 내게 건낸
계약서,

오른쪽은 네가 오돔
공작에게 보냈다는
계약서…

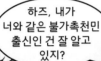

하즈, 내가
너와 같은 불가촉천민
출신인 건 잘 알고
있지?

우린 살아온
궤적도 비슷해.

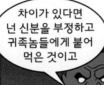

차이가 있다면
넌 신분을 부정하고
귀족놈들에게 붙어
먹은 것이고

난 신분 차이의
부당함을 그것들에게
실력으로 입증해
왔다는 거야.

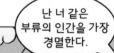

난 너 같은
부류의 인간을 가장
경멸한다.

천민이면서
같은 출신들을 우습게
여기는놈…
잘 가!

탕

허어억…!
회… 회장님…!

천
컹
텅

커헉!

퍽

크흑!

퍽

드
르
륵

수정된 계약서에
서명하겠나?

아니면 마저
떨어질 텐가?

서…
서명하겠습니다,
회장님!

무엇보다
제 불찰을 진심으로
사죄드립니다.

기분 같아선
당장이라도 네놈을
쏴버리고 싶어.

넌 내가
그렇게 못 할 거라는 걸
잘 알고 있을 거야.

널 내 손으로
직접 치우면 우라노
귀족들을 지나치게
자극하는 도발일
테니까.

그래서
그들의 최대 관용
경계선을 줄타기
하는 방법을
택했어.

서명하고 기다려.

외행성
노예 사냥꾼들이 널
데리러 올 거야.

……

뭘 망설여?
어서 서명해.

회장님…

제가 여기에
서명하게 되면…

살림 운영에 대한
책임을 지고 엘가를
떠나야만 합니다.

그럼에도 불구하고
제가 엘가에 남기로
결심한다면 그건…

하즈! 하즈!
정말 끝까지 날
무시하는구나.

아까 한 얘기
잊었어? 넌 노예로
팔려 간다니까!
뭔 개소리야?

텅

회장님!

백작…

엘 백작이
이곳에…

뭐? 본인이
직접…?

오호! 이거
예상 밖이구먼!

이제야 살 것 같군. 답답해 미치는 줄 알았네.

수갑은 출입 제한 때문에 잠시 푼 거야. 엉뚱한 생각하면…

아, 당신들이야말로 백작님 잘 모셔.

간신히 도망자 신세에서 벗어난 내가 뭐가 아쉬워서 다른 생각을 해?

면담 요청에… 시간이 걸리네.

오래 기다리게 해 죄송합니다.

회장님께선…?

방금 외행성 출장 일정 때문에… 오늘은 뵐 수가 없겠네요.

어이, 이봐! 지금 그걸 말이라고 해?

사람 납치해놓고 출장이라니?

죄송하네요. 전 그저 말씀을 전할 뿐이라서…

지금 저런 카메라로 우릴 보고 있을 텐데…

푸흐흐흐…

엘가에서의 네 역할이 내가 생각했던 것보다 훨씬 더 큰 모양이야.

주인이 널 찾겠다고 여길 직접 오다니…

회장님, 다시 말씀드리지만 제가 여기 서명하게 되면…

아, 닥치고 어서 사인이나 해!

시건방지게 의미 부여하지 말고!

출신이 같다고 내가 너랑 대화 나눌 레벨로 보여?

알겠습니다. 그럼…

쓱쓱

어디서 감히…

탓

나중에 딴소리 못 하게 공증 받아놔.

회… 회장님!

빡

서명받았으니 이제 제대로 시작해 볼까?

이 개자식, 날 호구로 봤겠다.

퍽 퍽 퍽 퍽 퍽

……

예상했던 반응이긴 한데…

당분간 이런저런 핑계로 날 피할 테지.

어떻게 대응하실 겁니까?

날 피한다면 만나러 오게 해야죠. 여러분의 실력 과시가 필요합니다.

여길 얼마나 부숴놓을까…?

아, 잠깐만!

팟

파바박

털썩

짝

짝

……

뭐야…

게오르그 센서 봇에게 당했어.

내부에선 그것들 때문에

실력 발휘가 어려워.

여기서 안으로 찢고 들어가자!

츠르르

아저씨! 아저씨…

파바박

제장, 여길 어떻게 치고 들어가?

쿵 기술이 안 먹히면 일반 화기로…?

아, 그렇게라도 해야겠습니다.

그럼 매니저에게 지원을 요청하시는 게…

응, 그렇게 하지.

틱 틱 틱

……

이거… 어떻게 된 거지? 라인 연결이…

구룡도의 의도적인 통신 방해 같은데요.

그럼 센서 범위 밖으로 나가 순간이동으로 직접…

응?

지잉

저게 뭐야?

!

하… 하즈…?

오, 맙소사! 하즈!

하즈…

투
드
득

허억…!

피…!

백작님!

매머독,
이 개자식…

저 상태로
매달려 있다간…

서둘러야 돼.

아무래도
엘가로 가서 장비를
챙기는 것보다는

우리
기무사 것들을
활용하는 게 더
빠르겠어.

그래, 난
무기고에서 화기랑
폭발물을 챙길게.

넌 소방 방재청에서
구조 장비를…

아, 근데 잠깐.

설마…
우리 대화까지
엿듣는 건
아니겠지?

파 바 바 바 박

......

그래, 깨워놓으면 또 쏠 거야.

매머독…

벌떡

이 개자식! 나는…?

나는 안 쏘냐?

너희 부수려고 왔는데 난 안 쏘냐고?

뭐야? 난 쏠 가치도 없다는 거야? 내가 그렇게 우스워?

야, 매머독! 비겁하게 숨어 있지 말고 이리 나와! 말 좀 하자!

투드득

하즈…!

하즈, 정신 차려!

아… 안 돼! 빨리 구하지 않으면…

......

그래, 기다려! 내가 올라간다!

좌

악

똑똑히 봐라, 회장! 내가 어떤 근성을 가진 인간인지…!

.....

.....

.....

이제서야 꿈에서 깨는 거야?

이 꿀꿀이죽이 목을 넘어가니까 정신이 들어.

.....

그래도 이번 꿈은… 그리 나쁘진 않았지?

툭

.....

93

다시…
여길 벗어나는 꿈을
꿀 수 있을까?

어쩐지…
더 이상의 기회는
없을 것 같아.

하긴…
더 기분 좋은 꿈을
꾼다 한들 그게 무슨
의미가 있겠어?

어차피 돌고 돌아
다시 이 꿀꿀이죽으로
잠에서 깰 텐데.

여기서 나이 들다가…
결국 헐값에 괴물들에게
팔릴 테고

그것들한테
잡아 먹히는 걸로…
나, 가이린이라는
이야기는 끝이
나겠지?

……

염병… 갑자기
자기연민 뿅 엄청
차오르네.

잠기면 나만 손해.
꿀꿀이죽 식겠다. 먹자.
저녁 연습 버텨야지.

뭐 회장이랑
잘 해결하시겠지.
아무렴…

……

백작님은…?

……

꽉

94

아… 안 돼! 안 돼!
밑을 쳐다 보면…!

손발 뻗을 데만
집중해! 집중! 집중!

……

하… 한 발짝만
삐끗하면 그야말로
끝장이다.

오르는 건
둘째 치고 하즈를
데리고 여길 어떻게
내려가…?

난 도대체
무슨 생각으로
여기까지 기어
오른 거야?

무… 무서워!
너무 무섭다고,
제기랄!

……

그… 그래,
인정하자. 이건…
내 능력 밖이야.

하즈에겐
정말 미안하지만
둘 다 죽는 것
보다는…

미… 미안…
그동안 고마웠어.
그 대신 내가 꼭
복수해줄게.

주… 주인님…?

오, 맙소사… 지금 왜 여기 계세요?

무… 무슨 소리야?

하즈가 이 지경인데

당연히 내가 나서야지!

매… 매머독, 이 미친놈… 내가 가만 안 둬!

!

뭐야, 이 파리는…?

경비 과장한테 화면 전송해.

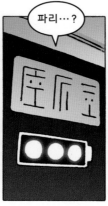

파리…?

이런…

외벽 경계망이 정상 가동 중일 텐데 잘도…

이건 그 누구도 우리에게 시비를 걸 수 없는 명백한 무단 침입이야.

거기에 걸맞은 대응을 해야지.

너 당장 나가서

여기 외벽에 붙어 있는 파리 발목을 잡아다 땅에 내던져버려.

일단 부서진 시체는 잘 수습해서 근처에 묻어놔.

시신 찾으러 올 테니까.

……

웅, 거기다 하이퍼 퀑을 둘이나 데려왔는데

하즈, 지금 이 상황에 뭐가 묘안이 없겠어?

통신망이… 막혀 있다고요?

매머독 경비봇에게 맥도 못 추고 기절해 누워 있어.

널 어떻게 데리고 내려가야 할지 도통…

놈들이 통신까지 막아둔 상태라…

……

있습니다.

아, 그래? 역시…

일단은 조심히 땅으로 내려 가세요.

웅? 그런 다음엔…?

그건 무사히 착지하시면 말씀 드릴게요.

아, 그… 그래. 근데 혼자 내려가는 일도… 만만치 않겠어.

……

……

죄송합니다, 주인님. 전 여기까지인가 봅니다. 이 꼴로는 할 수 있는 게 아무것도 없네요.

이렇게 나약해빠진 생물종 주제에 잘도…

그렇게 약점 많은 존재들이 너희를 만들었지.

……

아이러니야. 불완전의 극치인 인간이 어떻게 우리 같은 완전체를 만들 수 있었는지…

하긴… 너희의 불합리한 논리적 공백들을 제거해 버렸기 때문일 수도 있겠군.

네 말대로야. 그게 우리가 너희를 만들 수 있었던 이유다.

불완전이 완전보다 훨씬 더 큰 영역이거든.

네가 말한 사람의 불합리한 논리적 공백은

정확히 말하자면 비어 있는 게 아니야. 오히려 꽉 차 있지.

우릴 만든 신들로 말이야.

그 때문에 너희는 절대 인간을 넘어설 수 없어.

저기… 하즈, 저 친구 우릴 도우려는 눈치인데 그렇게 몰아붙이면…

잘못 알고 있는 건 제대로 알려줘야 합니다. 그래야 사천왕이 실수가 없죠.

사천왕…?

안녕, 백작. 네 집사의 시답지도 않은 말장난 때문에 인사가 늦었어.

아, 감사합니다. 덕분에 목숨을…

백작님께 존대하지 못할까?

100

내가 널 찾은 건 말했던 대로 준비가 끝나서야.

……

여긴…

거기 봐. 타깃 리스트를 작성했어. 이제 순서를 정해 보자고.

잠깐. 여기… 구룡도로 시작하자.

츠르르

패왕 소유인데… 여길 치면 그 외행성 깡패가 바로 개입…

그야놈이 우라노에 들어오지 못하게 뒤처리하면 되잖아.

이 8 우주에 우리가 당장 할 수 없는 일이라곤 널 죽이는 것 뿐이야.

츠르르

오케이, 간단하군.

설마… 큰소리치더니 자신 없어?

그 우주 건달의 접근을 막는 법을 잠시 설계해 볼게.

좋아, 여기서 시작하지.

이곳 손님 중 귀족과 상위 3% 상류층은 따로 격리하고 당장은 해치지 마.

그리고 무엇보다 너희가 가장 먼저 해야 할 일은

그들과는 거래할 내용이 있을지 모르니까. 나머진 원래 계획대로.

구룡도 책임자인 매머독을 지금 당장 내 앞으로 끌고 오는 거다.

……

어허! 이 사람…
역시 내 말을 오해했구먼.
나야말로 서운해.

제가 패왕의
말씀을 잘못 알아
들었나요? 왜 이리
서운한 겁니까?

자네가
실력 발휘를 하기에는
우라노가 작다니까.

그러니
이번 기회에…

!

……

……

?

……

……

……

텅 텅

!

뭐야?

아, 뭔데? 지금
내 말 피하려고
일부러…

……

……

……

……

뭐? 엘 백작이
경비봇들을 오염
시켰다고? 이 자
식, 어딨어?

……

옥상? 좋아,
당장 쫓아 올라
가서…

……

……

퉁

퉁

퉁

퉁

퍽

퍽

퍽

퍽

해킹 따위로
경비 시스템 전체를
장악하려 했나
본데…

어림없지.
이럴 때를 대비해
이 친구들은 따로
분리해뒀거든.

띠
리
리
리

패왕…
이 양아치 자식이
드디어 본색을
드러냈어.

그간 내가
피땀 흘린 성과를
몽땅 제 주머니에
넣겠다고?

그래, 이참에
네 탐욕에 교훈을
주마.

내가 엘을
공개적으로 치우게
되면 네가 우라노에서
가져갈 수 있는 게
뭐가 남을까?

틱

귀족 연합과
행성 자치위의 태도가
어떻게 변하는지 직접
경험하시지.

회장…!

이 자식, 통화를 거절했어! 지금 내 전화를 노골적으로…

이런 건방진 놈을 봤나…

귀족들하고 어울리니까 내가 우습지?

구룡도 출입 제약 안 받는 그 녀석들 어딨어?

당장 그 친구들 데리고 가서 매머독 끌고 와!

콰직

엘 이놈은 언제 엘리베이터까지 손 본 거야?

딕다타

벌컥

퉁퉁 퉁퉁 퉁퉁

슈슈슈

여기서 기다려.

왜? 같이 들어갈게.

됐어. 기술 쓰는 데 걸리적 거려. 방해만 된다고.

회장 만나는 대로 부를게.

끄응…

……

!

뭐야, 저것들은?

뭐야, 너희…? 외부인 쿵을 쏴야지! 우린 너희랑 같이 일하는…

드
드
드
드

……

카지노에서 다 털리고 쥐약이라도 털어 넣었나?

파밧

파
바
박

파
바
박

어떻게 된 거야? 경비봇과 센서들이…

쿵 직원들을 닥치는 대로 쏘고 있어.

105

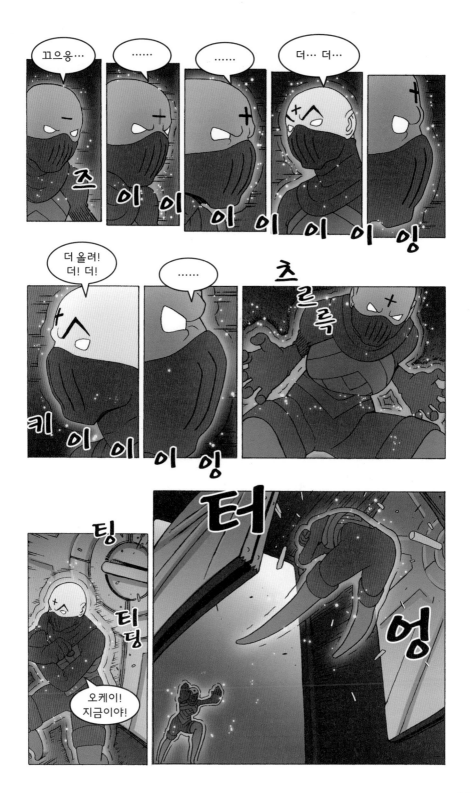

안녕, 이쁜이들.
반가와.

보자, 자기는 …
무대에서 몇 번째
라인이었지?

후우우…

어제 공연 보고
격려하러 왔어.

맙소사, 방금
내가 뭘 기대한 거람?
정신 차려, 바보야!

네, 마지막
줄이었습니다.

에휴… 가슴이랑
엉덩이에 뽕이라도 좀
넣든가… 이렇게
빈약해서야.

저… 저기…

어머, 나 자기 알아.
맨 앞줄이었지?

그러니까
맨 뒤에 서는 거잖아.
내가 기억 못 할 정도면
자기는 반성 많이
해야 돼.

괜찮아. 받아둬.
대신에 자긴 3등급
이니까 흰 봉투. 우리
분발하자. 다음…

이거 봐. 바로
기억하잖아. 비율,
볼륨, 퍼포먼스까지
너무 좋더라.

우리 자기는
1등급, 빨간 봉투…

다음…
아, 자기는
3% 부족한 1등급.

피지컬이랑 실력은
1등급인데 3% 부족해.
그게 뭐게?

조만간
함께하는 시간을
가져보자고.

……

두 번째 라인?
맞지? 거 봐! 내가 딱
맞히잖아.

역겨워. 지긋지긋해!
더 이상은 못 참겠어!

109

바로…

꺼어억…!

……

자기야, 여기 공룡 키워?

아… 하하…

뭐야, 방금… 자기야?

꺼억…!

어머, 웬일이니? 미친 거 아냐? 정말 더러워죽겠네.

아무렴 백작님 입으로 싸시는 똥만 하겠습니까?

뭐?

죄송합니다. 저녁 먹은 지 얼마 안 돼서.

근데… 격려 오셨다면서요? 여기 정육점 아니거든요. 귀하는 몇 등급이나 되시길래…

야, 야! 미쳤어? 너 왜 이래?

헙…!

자기야, 내가 이래서 구룡도가 좋다니까.

올 때마다 예상 못 한 일들이 빵빵 터지거든.

가르칠 게 많은 노리개는 언제든 대환영이야.

이거… 내가 살게.

회장에겐 내가
직접 허락받도록
하지.

허락은 주인이
하는 거예요. 내 몸은
내 거라고요.

짝

타

난 나를
누군가의 노리개로
팔 생각이 전혀
없습니다.

이게 날 뭘로
보고 시건방지게…
그 주둥이 다물어.
내가 정한다.

……

……

널 노예로
만들어서 죽을 때까지
괴롭힐 거야.

이번 생은…
여기까지.

퍽

야, 이 ㄱㅅ꺄!
네가 뭔데? 귀족이면
다야? 쓰ㅂ놈아!

퍽 퍽

꺄아아아! 누가
쟤 좀 말려!

퍽

퍽

바퀴벌레 더듬이
같은 ㅅㄲ가… 내가
운동을 했어도 너보다
갑절은 했어!

제 애비 돈이나 얻어
쓰면서 밖에선 찍소리도
못 하는 것들이 꼭 이런
데 와서 개갑질이지.

111

112

뭐? 아놔, 저런 겁대가리를 상실한 쥐새끼를 봤나!

가서 저거 팔다리 부러뜨려 데려와!

떱 퍼버 버버법

탕 텅 텅 텅

!

퍼 버 버 텅 텅 텅

퍼 버 버 벅

회… 회장님!

실은 긴히 드릴 말씀이 있사옵…

콱

허억…! 놔! 이거 놔!

아파! 이러지마! 안 돼! 회장님, 제 말 좀 들어보세요!

원껏 땡겨라!

팔다리 뜯어버려!

전기 충격기…
다 꺼진 거 맞지? 응?

염병! 다짜고짜 싸대니
정신을 못 차리겠네.

하즈 집사죠?

여러분은…?
오돔 공작님
경호대?

어? 쟈넨…

예, 생각하는
그 친구 맞아요.
자유민 자격을 백작님께
다시 얻었어요.

오돔…? 우린 잠시
백작님 경호를 맡아
당신을 구하러 온
외행성인입니다.

처음 뵙겠습니다.
백작님… 지금
어디 계시죠?

아, 그랬군요.
고맙소.

주인님은 잠시
용무가 있어서…
이제 곧 여기로
올라오십니다.

그 전에
여러분들이 먼저
해야 할 일이
있어요.

저기 저 콧수염의
팔다리를 부러뜨려
내 앞으로 끌고 와
주시오.

뭐가 어째?
너, 이 개자식…!

야! 스마일
브라더! 너희 빨리
안 일어나?

이건 추가 비용이 발생합니다. 팔다리면 됩니까?

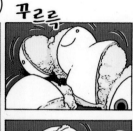

꾸르륵

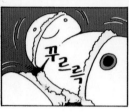

꾸르륵

응! 부러뜨리기 번거로우면 잘라버려도 상관없소!

꾸르륵

꾸르륵

소리… 기분 나빠.

바로 재생돼 버리네.

단면을 보니 단순 절단으로는 소용 없겠어.

일단 저 양반 팔다리부터…

승

승

쩍

너흰 잠시 분해돼서 기다려. 완전히 날려줄게.

오지 마!

너희 내가 누군지 알고나 덤비는 거냐?

어이, 매머독! 내 말 잘 들어!

이제까지 일처리하는 네 방식에 별다른 의심이 없었을 거야!

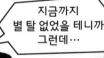

지금까지 별 탈 없었을 테니까 그런데…

그 때문에 넌 돌이킬 수 없는 최악의 실수 두 가지를 연이어 저질렀어.

첫째…

응?

118

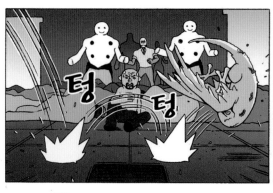

뭐… 뭐야? 너…
여기까지 날아와서는.

너희 겨우
이 정도였어? 그것밖에
안 되는 주제에…

나에 대해
저것들한테 무슨
얘길 한 거냐?

경고도 없이
이렇게 다짜고짜
쏴대면…

퍼버버버버버

……

오, 이런 맙소사!

됐어! 이제
저 돼지머리도
날려버려!

제… 제발
안 돼!

충분히
보상할게! 하즈는
해치지 마!

퍼버버버법

슈슈슉

퍽 퍽

퍽 퍽

아싸! 다이크가 오늘 하즈 님 목숨 여러 번 구하네!

뭘로 보답할지 고민이 많아지시겠어.

설마 했는데… 다시 기체 치환이 된다.

지금 상태라면 뭐든지 날려버릴 수 있지. 저것들…

어떡해… 회장과 백작, 두 사람이 엉키면 난 누구 편에서…?

!

보상? 그건 이미 계약서에 충분히 명시돼 있어!

당신이 할 일은 내가 하즈를 치우는 동안 얌전히 자리 지키기야!

주… 주인님!

야, 매머독! 당장 비켜나지 못해?

핵

읏…!

이런다고 결과가 달라지진 않아! 순서를 기다려!

수… 순서라니? 설마 나까지?

어이, 회장!

그만 놀고 패왕님께 갑시다. 당신 데리러 왔어.

……

……

그래, 엘가놈들을 내가 직접 손댈 게 아니지. 패왕에게 넘기면… 아주 볼 만하겠어.

너희…
패왕님 심부름 온
쿵들이지?

좋아,
따라갈 테니까 여기
정리 좀 해줘.

나랑 저 친구, 저기
웃는 얼굴 둘만 빼놓고
나머진 전부
치운다.

그럼 패왕님
요구하신 자료를 들고
찾아 뵐게.

오케이!

어차피 패왕님을
언급한 이상, 우리도
정리가 필요해.

멈춰!

스마일, 너희
그만하고 이리 와!

타깃은 우선…
저 돼지 머리로
하지.

침착하세요,
하즈 님. 이 다이크가 또
구해드립니다.

천천히 뒤로…
자, 정리정돈 들어
갈게요.

슈
슈
슈

슈
슈
슈

!

탓

슛 탓

뭐냐,
이 날파리는?

!

뭐야, 분명히 심장을 겨눴는데…

슈슉 슈슉

다시!

탓 탓

누구냐? 기회 준다. 지금 나오면 적당히 구워줄게. 나와!

어떻게 된 거야?

슈슈슉

치환점이 계속 어긋나.

안 나와? 숨어서 비겁하게.

탓 탓

좋아, 그럼 넌 새까맣게 태운다.

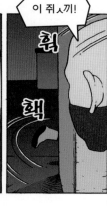

이 쥐ㅅ끼!

휘

책

젠장! 이제 어쩐다?

기술이 안 먹히니 생각도 막혀.

찾았다!

아, 하하… 하… 이젠 내가 술래네.

놀아줄 여유 없다.

사후 처리 용이하게 재만 남길게.

끄아아아…!

응?

텅

텅

꼬아아… 내 팔다리를 부러뜨려? 내 배후가 누군지 알면서 너희 미쳤어?

백작님, 이 콧수염은 어떻게 할까요?

그 자식 나와 하즈를 정말 치려고 했소.

당장 치워버려…

!

……

……

치워버려… 일 필요까진 없고…

내… 내가 맡을 테니 어서… 하즈 저 친구를 데려와주시게.

쩡 쩡

꼬아아악…! 아… 아파!

슈슈슈

퍽 퍽 퍽

이 미친놈아! 패왕 믿고 귀족의 목숨을 노려? 평의회가 가만 있을 것 같아?

후닥

크윽…

후다닥

충격파가 아직도 몸을 울려!

꽤 하는걸.

!

127

쩡
쩡

......

빠른 건
인정.

!

!

크으윽…! 젠장!
또 구워졌네. 고기
타는 냄새까지…

가
가각

!

가
가
가
가
각

더! 더!
더 올려!

하이퍼다!
확실하게
끝내야 돼!

안 그러면
어떤 잔재주에
우리가 당할지
몰라!

후으윽…!

커거거걱…!

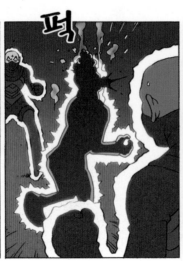

떡

!

안 돼!

으윽…
징그러!

꾸르륵
꾸르륵

터엉

안 돼!
이렇게 가
버리면…

퍼버버벅

내가 무슨
낯으로 너희
형제를…

털썩

깜짝이야.
이런 것들 또
남아 있나?

아까 우리한테
날파리 날렸던놈
어딨지?

크윽! 제기랄!
하이퍼들까지 당했어.

다음은 내 차례…
어쩌지? 저것들을
어떻게 상대해?

크ㅎㅎㅎ…
결국 내가 이겼군.

어서!
여기 두놈도
치워버려!

뭐야, 쟤 왜 저래?

오작동…?

!

크흑!

저게 미쳤나?

!

아… 안 돼!

우웃! 화력의 압박이…

출력!

130

크윽!

조심!

올려!
더! 더!

!

괜찮아? 어서
올라와!

끄응…
식겁했네.

저 빌어먹을
웃는 낯짝이…

넌 용접이다!

녹여서 단단하게
바닥에 고정시켜버려!

내가
제대로 본 게
맞다면…

저것들 치울
방법이 있다!

131

위… 위험해!

스팟

퍼버범

퍼범

텅

화르르

잡았다! 순간
진공 상태 안으로
빨려 들어갔어!

화르르

역시 다이크!
우라노 최고다!

꾸르륵

……

꾸르륵

꾸르륵

탱

아, 됐어!
이제 그만 좀 해!
지겨워죽겠네.

뭐 해, 스마일?

너라도 어서 이것들 좀 치우라니까!

차르르르

차르륵

키힝

츠즈즈즈즈

이거야, 원… 상황 정리되니까 재등장이냐?

이래서야 너희를 믿고 일하겠어?

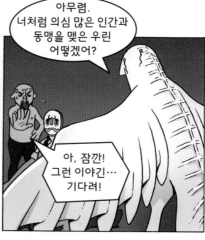

아무렴. 너처럼 의심 많은 인간과 동맹을 맺은 우린 어떻겠어?

아, 잠깐! 그런 이야긴… 기다려!

이봐, 자네. 백작님과 아가씨 모시고 잠시 입구 쪽에…

응? 나도?

스… 스마일, 대체 너한테 무슨 일이…?

……

두 분, 이쪽입니다.

끄아…악!

135

하즈, 너…! 지금 나한테 뭘 하겠다고?

내 팔다리 부러뜨린 걸로는 성이 안 차? 이거 당장 풀지 못해?

패왕이라는 뒷배경 믿고 넌 너무 오만방자했다.

네가 저지른 돌이킬 수 없는 일, 두 가지.

첫째, 네가 아무리 위아래 없는 양아치라고는 하나

백작님 처소에 무단침입해 다른 이들 앞에서 엘 주인님과 나를 능멸해?

둘째, 그것도 모자라 엘가에 막대한 피해를 입히는 계약에 서명하게 했지.

그 사인에 책임을 지려면 내가 엘가를 영원히 떠야 하는 조건이었어.

그럼에도 집사 직을 계속 수행하겠다는 건… 널 치우겠다는 얘기.

사인하기 전에 분명히 네게 기회를 줬는데…

이건 네 무례함에도 불구하고 내가 베푼 마지막 자비를 네가 차버린 대가다.

이… 이러지 마! 패왕이 너희를 가만둘 것 같아?

떡

아… 안 돼! 살려줘!

살려줘…!

여기… 네트워크로 재밌는 걸 발견했어.

그게 이곳까지 내가 직접 날아온 이유야.

후우우…
이제야 상황이
마무리되나.

정말 긴 하루였어.

추워.

!

응?

숙

아…

아, 아니야.
내가 하겠네.

예?

……

꽁
꽁

저… 저기…
날 좀 도와주겠나?
당겨줘.

백작님,
그냥 제 외투로…

아닐세.
내 옷… 보온성과
통기성이 정말
뛰어나거든.

제 거랑 같은
옷인데요.

그럼 자네 외투는
내가 입도록 하지.

예?

......

진짜 어이없네. 뭐야…?

풉!

!

지금 이게 웃기냐? 웅?

좌

르 르르 르

허엇!

뭐… 뭐야, 이건?

좌 르 르르

하즈, 괜찮나?

지금 이건…?

츠르르

츠 르르

안심하세요, 주인님. 저 친구의 신경망이 확장되는 중입니다.

이제 곧 구룡도는 이륙합니다.

이륙이라니?

이… 이게 공중에 뜬다고?

우라노 자치 위원회

이거야, 원… 도대체 지금 뭘 하자는 거야?

그러게 말이야.

사천왕 사태에 대비해 쾽 용병을 소집하자더니…

재원 마련에 가장 상식적인 요구를 하는 엘가만은 안 된다고?

대체 사무총장은 무슨 심산인지…

근데 정말 무슨 일이 일어나긴 하는 거야? 아직 어떤 전조도…

따
다
다
닥

!

저… 저기…!

웅
성

웅
성

뭐야, 저건? 꽤나 큰…

앗! 곧장 여기로 날아오고 있어!

날아오는 게 아니라 떨어지고 있잖아!

터엉

이… 이게 뭐야?

실시간 현장 화면? 구룡도가 왜 저기에 박혀 있는데?

아버지는…? 하즈는 아직도 연결 안 돼?

잠시만요, 도련님.

아… 하즈 님, 어디세요?

응, 이제 도착해. 창밖을 봐.

멀 타고 오는 거야?

아버지, 다친 덴 없어요?

저 친구… 백작의 아들, 카인 이로군.

급하게 너희 도움이 필요할 때를 대비해 직통 라인 하나 만들어줘.

네트워크로 연결돼 있으니 언제든 이름만 불러.

우리 동맹은 비밀이니 너희를 부를 다른 이름이 필요해.

사천왕 말고 어떻게 불리면 좋겠어?

141

행성 자치 위원의 90%… 가 압사했다고…?

더 자세한 수치는 구조 작업이 진행된 후에 보고하겠습니다.

제기랄! 사천왕 재앙이 이렇게 재현될 줄이야.

게다가 이것들 한층 업그레이드된 시스템을 이용하고 있으니…

이럴 때가 아냐. 당장 우라노 귀족 연합 대표를 만나야겠어.

어서 케일 공작께 연락해줘요!

……

화끈하군. 누구 소행이래?

공식 발표는 없지만 도난당한 인공지능봇과 관련된 사건이라고…

위원의 90%가 사망이라…

자치위는 우라노 귀족 연합 측에 손을 내밀겠군.

거기 사무총장이 엘가를 눈엣가시로 여긴다고?

엘가는 그곳 귀족들에게도 견제를 당하는지라…

그럼… 여기저기 주워 담을 것들이 널려 있겠군.

준비해. 당장 우라노로 가서 돈이나 잔뜩 긁어 오자고.

눈 밑은…
무슨 자국이야?
다쳤어?

오, 이런…
다이크…

너무 상심 마.
좋은 분이라 천국에서도
잘 지내실 거야.

모르겠어.
삼촌 시신 앞에서
울고 났더니… 어째
지워지질 않네.

잠시
안아도 돼?

랄랄라…
어여쁜 가이린,
랄랄라…

!

그래,
말 한마디를
전하더라도…

아, 좋은 냄새…

보자, 싱싱한
봉우리로…

가이린에게
어울리는 향기.

뭐라고 인사를
전할까?

엘가에
다시 온 걸
환영…

……

……

후다닥

테이 씨는…?

이제 쉬어라.
피곤하겠다.

다이크!

아직…

……

응?

고마워.
모두 이곳에
무사히 다시 올 수
있게 도와줘서.

그래,
또 보자.

……

타다닥

……

넌… 엘가가
좋은가 보다

응, 여기가
좋아졌어.

예?

오돔 공작님이 직접…?

부담 갖지 마세요. 케일 공작님 댁에서 머물 예정입니다.

도심지 테러로 고생하시는 엘가에 폐 끼치지 말라는 분부십니다.

잠시 방문해 파견된 경호원들을 격려하는 시간만 가질 겁니다.

……

분명히 사천왕 사태를 뉴스로 알고 있을 텐데… 여길 오겠다고?

이 여우들… 무슨 속셈이지?

체류 기간 동안 며칠만이라도 저희가 모셔야…

그렇게 마음 쓰실까 봐 공작님께서 신신당부하셨어요.

엘가의 빠른 복구를 위한 배려이니 서운하게 생각하진 말아주십쇼.

나머지 일정은 다른 귀족들과 친교의 시간을 가질 예정입니다.

엘가 방문일은 하즈 님의 결정에 따르겠습니다.

답신 기다리겠습니다. 그럼, 이만.

틱

OFF

이것들 혹시…

하즈! 하즈!

그놈… 당장 쫓아내! 아주 음흉하고… 위험한 놈이야!

하 아

하 아

하 아

주… 주인님, 무슨 일이세요?

뭐? 뭐라고? 말도 안 돼.

다시 확인하자.

&%$@#&!!%@…

……

젠장, 잘못 들은 게 아니야. 나한테 생각이 읽힌다면 그건 가이린…

내가 그 친구를 죽이게 된다고…? 이게 무슨 개소리야?

신을 만드는 재료? 연인과 관련된 곳이라면…

태모신교! 그 미친놈들이 나와 가이린에게 대체 무슨 짓을 한 거야?

나중에 테이와 하나가 된다는 건 또 무슨…?

……

제기랄, 심란해! 괜히 열었어!

정확히 1년 뒤 삼촌이 죽었으니 예언은 분명히…

다이크 선배! 하즈 님이…

！

……

속닥 속닥

속닥 속닥

……

……

저 개자식…!
사람 면전에서…

어서 오게.
앉지.

백작님과 날 위해
이번에 큰일 했네.

별말씀을요.
당연히 도와야죠.

팀원들과 있었던
소동에 대해 들었어.
흐으음…

붉은늑대로 복귀는…
역시 어렵겠지?

예, 죄송합니다.
이전으로 되돌아가긴
어려울 것 같습니다.

그래, 이해하네.
아쉽군. 실력 있는
친구를 보내려니…

이거 받게.
소정의 포상금과

틱

8 우주 마스터 여권,
그리고 외행성 자유
티켓일세.

예? 외행성 티켓이요?

어디든 갈 수 있어.
오해 말게. 만일의 경우를
대비한 거니까.

그런 소동이었으니
우라노 경호 업계에선
이미 자넨 큰 이슈
였을 거야.

엘가의 약점을
잡으려고 자넬 잠시
이용할 순 있겠지만

어떤 귀족이
자넬 고용하려고
하겠나?

다른 살길을
찾는다면 또 모를까?
그런데 그 또한
여의치 않겠지.

일반인들이
쿵을 고용하진
않으니까.

그래서
준비한 거라네.
행운을 빌어.

붉은늑대로
있을 게 아니면 우라노를
떠나라…?

……

염병, 누구 탓인데?
기분 정말 엿같이 만드네.
내 참 더러워서…

어서 오세요, 총장님.
이게 얼마만입니까?

그간 별고
없으셨습니까,
케일 공작님?

이렇게 불쑥
다짜고짜 방문하게 돼
송구합니다.

별말씀을요.
지금 비상사태라고요?
행성민이라면 당연히
협조해야죠.

마침 행성
테레즈에서 귀한 손님이
오셨습니다. 인사
나누시죠.

……

안녕하십니까, 총장님?
처음 뵙겠습니다.

공작 오둠입니다.
우라노가 위기인 줄은
몰랐습니다만…

도울 수 있는
영역이 있다면 최선을 다해
여러분을 돕겠습니다.

그로부터 2개월 뒤

사… 살려줘!
이거 다 오해야!
응? 알잖아!

내가 왜 그런 짓을
하겠어?

해킹한
네 통화 기록,
수신처가 전부
엘가던데?

오해? 왜, 엘한테
주기적으로 전화해서
협박이라도 하셨단
얘기야?

저승 가서
너 때문에 개죽음당한
늑대굴 멤버들한테
무릎 꿇고 사죄해.

마… 말할게!
쏘지 마!

이게 다… 더 큰
질서를 위한 거였어!
결국 우릴 위한
거라고!

퍽이나.

퉁

이건… 어떻게
처리할까?

내버려둬.
누가 신경이나
쓰겠어? 사방에
널린 게 시체야.

착

후우우우…

전투봇을 이용해
행성 전체를 쑥대밭으로
만들다니…

우리가 상대를
잘못 알고 있었던 것
같아. 엘은 완전히
미친놈이었어.

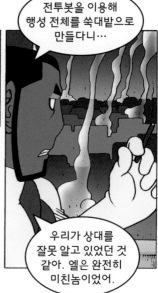

복귀한 외행성 근무자들은?

우라노 쿵 연맹에 등록하고 오겠다고 했으니 이제 곧…

여어, 잘들 계셨나? 이게 얼마 만이야?

번들거리는 느끼한 낯짝은 여전하군.

뭐야, 저 녀석이었어?

거봐, 내 말 맞잖아! 쟤 처음부터 이상했다니까.

근데… 너희 옷차림 왜 이래? 저녁에 파티 있냐?

이게 등록 조건이야. 방위군 눈에 바로 띄게 입으래.

야, 일단 뭘 좀 먹자. 배고파.

따라와.

근데 테이는… 어떻게 된 거야? 살아 있어?

후우우우… 그게…

퍽 퍽 퍽 퍽 퍽 퍽

차아악

안 돼! 오지 마!

통통통 팅 팅 팅

진정하세요.
테러봇 잡는 큉 연맹
소속입니다.

손바닥 좀
보여줘요.

잠시
확인할 게 있어요,
아저씨.

예? 그… 그건
왜요?

아, 보자면 좀
봐요. 닳는 것도
아닌데…

역시… 세 번 다
우연일 리가 없지.

사실이었어. 미친 봇들이
엘가의 낙인은 비껴 간다는
소문…

수고 많습니다, 장군.

아, 총장님.

어떻습니까? 테러봇은 좀 줄어 들었습니까?

여전히 같은 비율로 늘어나고 있습니다.

예? 외행성 쿵 용병이 대거 투입 됐는데도요?

쿵 연맹 멤버보다 3배가량 많습니다.

우리 화력이 커지는 속도를 맞추고 있달까요?

크기와 형태들도 다양해지고…

역시…

인공지능이 우릴 가지고 놀고 있는 건가…?

쿵 전투력과의 비율은 지난 사태 때 학습된 결과일 수 있습니다.

아니면 사천왕 코어에 새로 입력된 설정이거나

엘가의 인장을 피하는 조건처럼 말이죠.

한번 찍으면 1년간 효력이 있다는 그 빌어먹을 낙인 말입니까?

우리가 너무 단순한 사실을 간과 하는 건 아닐까요? 이 모든 게 엘가의 소행이라는…

무엇 때문에요? 인장 팔려고요? 그건 난센스입니다. 아무렴 본인의 거주 행성을 상대로…

후아아… 줄이 끝이 안 보여.
오늘 엘가 인장을 받을 수 있을까?
한 번 쬐는데 1억이면 엘가는 하루에 얼마를 버는 거야?
아니, 그보다도 그 돈… 부담 없는 사람들이 이렇게 많아?
아무렴. 자기 목숨이랑 직결된 문제니까.
우리는 뭐 돈 많아서 여기 왔냐? 귀족들 받는 건 30억짜리래.
뭐야, 그건 뇌에다 직접 새기기라도…?
평생 유효하댄다. 근데 역시…
엘가가 이 짓 하려고 이번 사태를 일으킨 게 아닐까?
맙소사… 네가 엘 백작이면 이런 돈벌이를 잘도 생각했겠다, 응? 8우주가 빤히 보고 있는데?
그럼 뭐야? 테러봇들이 엘가 인장은 왜 피해?
못 들었어? 이전 사태 때 엘가의 개입으로 사천왕을 제압 했다잖아.
행성을 구하고도 별다른 대가를 바라지 않아서 감사의 의미로
프로그래머가 인공지능에다 엘가 사람들 건들지 못하게 코드를 심었대.
하아아… 되는놈은 엎어져도 금가락지라더니…
행성이 망해가는 이 와중에 탈탈 털어 먹네. 대단하다.

하… 하즈 님!

응?

8우주 게시판들이 엘가 이야기로 난리가 났습니다.

무슨…?

사람 목숨 가지고 돈을 긁어 모은다고요. 이런 평판이 나면 장기적으로는…

새삼스럽게… 사람 생명 담보로 하지 않는 장사가 있어?

예…?

……

푹

……

그래, 내가 잘못했네. 사람 목숨 귀한 줄 모르고…

일반인들 상대로 하는 1년짜리 인장의 가격을 10억으로 올려.

예… 에?

인간의 목숨을 1억짜리 취급했으니 그 수준의 벌레들이 몰려들지.

10억으로 올리면 아래층 파리들은 알아서 떨어져나갈 거야.

161

모두
일곱 마리요.

코어
확인해 볼게요.

······

아저씨, 색으로
구별되는 걸 굳이···

4개는 주변체네요.
포상금은 계약대로
메인 3개만 지불
합니다.

뭐? 말도 안 돼!
7개 전부 제어봇이야!
코어 색이 그걸
증명하잖아!

입금
완료됐습니다.
다음 분···

아, 이봐!
이런 억지가···

염병할!
저것들이 돈 아끼려고
꼼수 쓰네.

우라노를 위해
큄 연맹에 가입하면
충분한 보상 어쩌구
하더니···

팅

어디냐? 나의
베스트 프렌드.

아니, 이게 뉘신지?
감히 어디다 전화질
이십니까? 끊어!

어허, 이 친구야!
아직도 오해하고
있군.

뭐? 오해?
야, 이 사기꾼아!

아, 몇 번을 말해?
나도 그 사보이들한테
속았다니까!

아, 그래… 알았으니까 끊자. 우리 서로 교차점 없이 잘 살자.

이거 봐라! 이거 봐라!

짠! 너 지금 이게 얼마에 팔리는지 아니?

10억이다! 10억! 유효 기간 1년짜리 가격이야.

지인들 팔아먹은 돈으로 안전하게 잘 사시네. 끊는다.

내 말 끝까지 들어! 나 이거 공짜로 받았다고!

공짜?

내가 말 안 했냐? 엘가의 집사님과 나 특별한 관계라고.

너도 이거 공짜로 받게 해줄게. 억울하지 않냐? 너도 한때 엘가 사람이었는데.

우리도 다른 녀석들처럼 팀 만들자.

큉으로 살면서 이런 때가 또 언제 오겠어?

위험한 장난감 신나게 부수고 돈까지 챙기는 일이 또 있겠냐고?

다른놈들처럼 팀플로 확실하게 땡기자! 너도 느끼지? 테러봇들 공격이 점점 더 정교해 지는 거?

혼자서는 이제 곧 한계야. 앞으로는 엘의 인장이 꼭 필요하다니까.

……

그건… 부정할 수가 없다. 분명히 기계들이 점점 더 빠르고 정확해지고 있어.

하지만 이 빌어먹을놈과 또 엮이는 건…

안 돼! 안 돼! 이놈한테 또 어떻게 당할지…

163

내가 널 어떻게 믿어?

내일 저녁까지… 네 손바닥에 10억짜리 각인이 보일 거야.

안 돼! 속지 마! 이 자식과는 절대…

팀이라면 이번에 또 누구랑…?

연맹 게시판에 팀원 모집 공지 올려놨어.

염병, 지금 내 주둥이가 어디로 가는 거냐?

우라노에 대해 우리보다 많이 아는 놈들은 피곤해.

팀에서 주도권을 쥐려고 할 거야.

그렇다고 너무 몰라도 문제.

당장 실전인데 언제 가르쳐가며 일하냐?

쿼렁 연맹에 등록된 명단을 살피다가

경력 면에서 우리랑 어울릴 만한 녀석들을 찾아봤는데…

우리가 찾는 조건에 가장 부합하는 녀석들은 대략 십여 명…

우선은 쪽지를 보내 놨다.

우리 주도권을 인정하면서

우릴 잘 받쳐줄 친구들이 필요해.

케일 공작님, 도착했습니다.

오…

잘 오셨습니다. 이쪽으로…

이거… 어떻게 인사말을 건네야 할지…

다를 것 없습니다. 편하게 말씀하세요.

그럼, 우선… 이런 만남에 응해줘서 고맙습니다.

저희가 꾸준히 접촉을 시도한 보람이 있군요.

저희라면… 구체적으로 누굴 말하는 겁니까?

아, 행성 테레즈의 오돔 공작과 저, 그리고 저희와 뜻을 함께하는 몇몇 귀족…

바로 용건으로 들어가죠. 원하는 게 뭡니까?

우리도 엘의 인장 같은 것을 팔고 싶은데 어떻게 하면 될까요?

그런 일은 있을 수 없습니다.

예?

아, 그… 그렇습니까?

이… 이거… 일언지하로 거절을 당하니 맥이 풀리는군요.

대신…

엘의 인장을 여러분도 팔 수는 있습니다.

……

그 얘긴… 엘 백작의 동의를 구하라는…?

동의 없이 엘가보다 싸게 공급할 수 있다는 얘깁니다.

결제 과정이 다소 복잡해지겠지만.

아… 아하하하… 역시… 기대한 만큼 대화가 되는군요.

물론 저희는 몰랐던 일입니다.

여러분들이 발급하는 인장을 인정해주면 우린 뭘 얻게 되죠?

뭐든지. 저희가 할 수 있는 일이라면…

지금 다브네스 왕가에 전력을 쏟고 있는 평의회와 접촉해

우라노 상황을 살필 시찰단 파견을 요청해주세요.

평의회 시찰단…?

……

그건… 저희가 할 수 없는 일은 아니군요.

할 수 있다는 표현보다는 확신이 부족하게 들립니다.

아, 아닙니다. 할 수 있어요. 충분히. 그럼요.

그 외에 다른 요구 사항은…?

없습니다. 그거면 됩니다.

167

아, 이건 유치원생 단어인데…

두… 두르덴! 관사는 구! 구 두르덴!

빙고!

돌고래… 기억 안 나세요?

두…

후아아아… 쿠란어는 관사 때문에 돌겠어.

이런 비효율적인 언어로 우월감 느끼는 귀족들 정말 이상해.

백작님은 외지 귀족들과 어떻게 소통하셨어요?

안 만나. 대화할 때 동시 번역 기능 쓰니까 다들 날 무시하더라고.

서자들에겐… 쿠란어 안 가르치거든.

아…

어머니는 아버지의 애첩이셨지…

서자의 인생… 아버지를 아버지라 부르지 못하고…

갑자기 뜬금없이 웬 자기 연민? 당장 빠져나오세요!

아무렴 백작님이 우리 같은 서민보다 불쌍했겠어요?

으… 응?

그런 응석 어림도 없다고요.

자, 이제 작문. 붉은 돌고래 떼와 마주친 그들은 감격했다.

붉은 돌고래? 판타지소설도 아니면서 이런 표현은 어떻게 나온 거지?

아, 바닷물 속으로 들어오는 석양 빛을 표현했나?

자, 백작님. 어서 쿠란어로 표현해 보세요.

붉은 돌고래… 있어.

네?

아, 가이린은 아직 본 적 없나?

오, 이런…

우라노… 생물인가요?

물론이지.

그래, 잠시 쉬는 동안에 돌고래 보러 가자.

예? 지금이요? 어디로요?

휴양지 비네스, 물속에서 그것들을 보게 되면 그 문장이 이해될 거야.

물속이요? 자… 잡아먹히면 어떡해요?

ㅎㅎㅎㅎㅎ… 녀석들은 사람들 좋아하고 아주 온순해.

같이 있다 보면 마음의 병까지 치유되는 기분이 들어.

이 장난감들 아주 동네 구석구석을 누비는군.

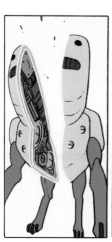

이게 코어…?

이걸 돈과 바꿔준단 말이지?

응, 두사람이 당장은 우라노에서 해야 할 일이야.

현재 우라노의 위기가 엘가의 소행이라는 심증만 있어.

물증을 찾아 8 우주에 폭로하는 것이 우리 목표다. 힘내줘.

……

뭐야, 팀 만들자는 쪽지네. 우릴 어떻게 알고… ?

응?

아, 우리한테만 보낸 건 아니구나.

뭐야, 이 녀석… 낯이 익은…

… 정도가 아니라 이놈 테이 남친이야!

뭐?

엘가의 붉은늑대라는 그놈…?

그럼 더없이 좋은 기회 아니냐? 서둘러!

어? 쪽지 답변 왔다.

......

방금 지정한 구역은 당분간 공격 대상에서 빼줘.

돈 받았군.

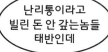

난리통이라고 빌린 돈 안 갚는놈들 태반인데

여기 시장이 어제 이자를 보냈더군. 신의와 근성이 있는 친구야. 보답해 줘야지.

암묵적으로 행성민들이 알게 해야 돼.

엘가에 신의를 지키면 거주지도 안전해지는 걸.

지난 두 달간 엘가에 들어온 돈이 너희 1년 매출이야.

이제 입소문이 조금씩 진실로 드러나는 마당이니

그야말로 행성 돈을 전부 쓸어 담겠어.

역시… 우릴 깨운 목적이 이게 아니었나 싶어.

당장 평의회에 기부해 보일까?

우리가 이런 푼돈 벌자고 너희를 움직였을 것 같아?

여전히 큰소리군. 언제까지 이어질지 지켜보겠어.

좋아, 네 요청은 받아들인다.

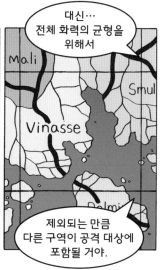

대신… 전체 화력의 균형을 위해서

제외되는 만큼 다른 구역이 공격 대상에 포함될 거야.

171

무서워… 바다 수영은 처음인데…

나만 믿어. 내가 가이린을 안고 들어갈 테니까.

괜찮아. 다이빙은 수영 실력과는 관계 없어.

최선입니까?

바로 곁에 있으니까 안심하고… 몸에 힘을 빼야 돼.

아… 엄청 긴장된다고요.

애들 불러볼게.

정말… 사람 안 잡아 먹는 거죠?

……

……

옳지, 온다.

으아아아아…

ㅎㅎㅎㅎ… 괜찮아. 저것들 별명이 물강아지 라고.

사람을 정말 좋아해서…

이거 봐. 얌전하지?

가이린 손…

으어어…

자, 다른 손도…

아…

어쩜…

따뜻하고
부드러워…

꺄아…

ㅎㅎㅎ…
자기도 쓰다듬어
달래.

아…

ㅎㅎㅎㅎㅎ…

귀여워…

……

……

사랑해.

!

꺄아…

스윽

허엇…!
내가 방금 뭐라고
한 거야? 나도
모르게 그만…

내 얘길…
들었을까? 역시…
들었겠지…?

ㅎㅎㅎㅎ…

……

아… 아닌가?

그럼 다행…

… 이긴 뭐가
다행이야? 몇 달째
속만 끓이고…

……

그래, 역시 가이린은
내 얘길 들었어. 고개를
돌려 날 봤잖아.

거절하면
관계가 어색해질까 봐
아예 듣고도 모른 척
하는 거라고.

아, 이놈의 주둥이!
지금 그냥 잘 지내고
있는데, 이거면
충분한데…

왜 상대한테
부담을 줘서…
가이린 입장을
생각해봐.

끔찍한 몰골에
나이는 많고 특별한
매력도 없고…

자기 아버지를
붙잡아 복수할 타이밍만
노리는…

그런 인간을…
받아줄 리가 없잖아,
멍청아!

슥

!

174

감사해요.

응? 으응? 뭐… 뭐가…?

백작님 덕분에 세상을 더 알게 돼서요.

추워…

응? 추워?

아, 수온…

그래, 다 봤으면 이만 올라가자고.

……

……

백작님, 물이 찹니다.

촤

아, 그렇지 않아도…

어때? 이제 그 문장 충분히 친근하지?

ㅎㅎㅎ 네. 하지만 문장 완성은 백작님 몫.

끄응… 알았어. 맥주 마시면서 생각해 볼게.

숙제 끝나기 전에 취하시면 안 돼요.

흐으음… 역시 못 들었나 보군.

그래, 차라리 잘됐어. 괜히 분위기 어색해져서 대화가 끊기는 것보단…

헤이, 레이디!

식사 왔어요!

아, 내가…

레이디가 다녀올게요.

샐러드에 오이 뺀 정식 맞죠?

네!

키 히 잉

콰 콰 콰 콰

!

……

평의회 시찰단이라…

그건 우리가 할 수 없는 일은 아니군요.

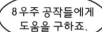

8우주 공작들에게 도움을 구하죠.

그게놈들의 거래 조건이라니 다행입니다.

다만… 우리 이익을 극대화하려면

시찰단이 평의회 개입이라는 판단을 보류하게 해야 합니다.

어떻게…?

우라노 인민들의 문제 해결 능력을 보여줘야죠.

시찰단 방문 장소마다 쿵들을 고용, 배치해

우라노가 자구책을 확보했음을 입증하는 겁니다.

아, 그렇군요. 그런 준비가 반드시 필요하겠네요.

그 역할은 제게 맡기시고 이 메시지를 동지들에게 알려주십쇼.

아울러 판매할 인장도 제가 준비하겠습니다. 케일 님은…

8우주 귀족연합 사무장들을 만나 평의회와 접촉을 시도 하겠습니다. 다시 연락하시죠.

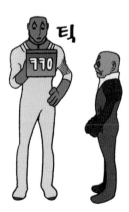

틱

177

… 시찰단?
기계들이 무슨
속셈이지?

전형적인
강 인공지능의 사고
패턴일 듯합니다.

기껏해야
8우주 통제 시스템에
접근해 인간종을
없애려 하거나

개체수를 조정
하려는… 판에 박힌
목표겠지요?

평의회에 보관된
인공지능 관련 사건
목록에는

창의력 없는
논리 기계들의 뻔한
결말들이 중복돼
있습니다.

모두 물리적인
계산만으로 인간을
넘볼 수 있다는 오류로
가득하죠.

우리 인간들의
비이성적인 영역을
기계들의 논리 따위가…
어림없습니다.

기계들이
아무리 날뛰어봐야
평의회가 개입하면
바로 끝입니다.

결국은 그것이
우라노 소란의 결말
이지요.

그래, 우린
결말을 최대한 늦춰서
최고 이익을 남기면
되는 거고…

시찰단 앞에서
기계들을 제압할 우라노
출신 콩들을 당장
알아봐.

바로 준비
하겠습니다.

이제 다음 단계로
진행하시죠.

그래, 지난 두 달간
한심한 우라노
귀족들과 잘 놀고

탈탈 털어먹을
준비를 끝냈으니

이젠 알짜배기
소패왕 차례다.

엘에게 내가
또 놀러 간다고
전해.

ㅎㅎㅎㅎㅎㅎ…

맙소사, 이거 진짜야? 말도 안 돼.

도심지 재건 비용으로 쩔쩔매더니 8우주에서 가장 비싼 인장을 팔고 있었군.

이러다 엘가가 우리보다 더 비싼 브랜드가 되겠어.

이해할 수 없어. 우라노의 지금 소동은 누가 보더라도

엘가의 소행인데 왜 아무도 책임을 묻지 않는 건지…?

등잔 밑이 어둡다잖아. 엘가의 전략가… 이름이 뭐랬지?

하즈…

집사, 하즈.

그래, 하즈…

엘가의 기행을 볼 때마다 이 인간… 어딘가 우리 아버지와 닮아 있는 느낌이야.

무슨 소리? 너희 아버지는 비교 불가야.

8우주의 그 누구도 그분을 흉내조차 낼 수 없어. 잊었냐?

……

궁금해.

하즈에게 전해. 내가 좀 보잔다고.

슈슈슉

난 다이크.
내 기술은 질량
등가 치환.

슈슈슉

문제의
핵심을 골라 조용히
해결하는 무혈사신.

응…?

코어가
머리에 있는 게
아닌가…?

카르륵…

닥다다

아, 잠깐만!

할!

뭐든지 가르는…
이른바 할법을 써.

이름도 할!

꼬인 매듭은
푸는 게 아니라
잘라버리는
거라고…

이게 문제를
해결하는 내 방식
이야.

오, 저런…

팅

가끔
힘 조절이 안 돼 저렇게
배경까지…

드드득

탁

181

끄르륵…!

아몽이라고 해.

미끄러져 내리는 이 건물을 내가 받치고 있는 것처럼 보일 거야.

야, 오지 마!

몸에 닿는 모든 물리 에너지를 다른 곳으로 옮기는 능력이 있어.

우와아앗…!

이 정도로 자기소개는 대충 끝난 것 같은데…

이거…

나쁘지 않은 조합이야.

반갑습니다. 당분간 같이 움직여 봅시다.

부지런히 돈 좀 모으게 도와주십쇼. 잘 부탁합니다.

183

주… 주인님!

어찌 된…?

내가 묻고 싶어.

우리 나가서 얘기 좀 하지.

탁

백작님도 주사 맞는 거 보셨지요? 마음을 짓누를 잊고 싶은 경험이

장기 기억으로 넘어가지 않게 이 처방이 도울 겁니다. 그러니…

치

잘하셨어요. 그리고 이건…

틱

이 방 주위 공간들을 보여주는 CCTV 이미지들이에요.

제가 도착하기 전 가장 가까이에 있는 메이드를 직접 호출할 수 있습니다.

도움이 필요하면 화면을 누르고 말씀 주세요. 그럼 내일 뵙죠.

……

분명히 확인했어.

비네스가 안전 구역인 걸 체크하고 들어갔단 말야.

오, 저런!

오늘 안전구역 설정 변동이 있었는데 아마도 그 전에…

뭐… 오, 맙소사…

제 불찰입니다. 바로 말씀드렸어야 했는데…

탁

!

가이린은…?

네, 덕분에… 심려 마십시오. 자고 일어나면 한결 편안해질 겁니다.

제가 계속 확인할 테니 좀 쉬시지요. 내일 뵙겠습니다. 그럼…

그래, 수고 많았네. 고마워.

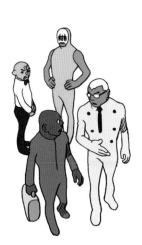

뭐야, 설마… 지금 사천왕이 자네의 통제를 벗어났단 말이야?

그럴 리가요. 모두 우리의 계획대로 움직이고 있습니다.

비네스 테러가 시스템 오류가 아닌 걸 입증할 수 있어?

현장에서 나 정말 무서웠다고!

오류였다면 주인님과 가이린 양도 무사할 리 없었겠죠.

우라노의 기계 테러는 제 동의 없이는 일어날 수 없습니다.

다만 비네스의 경우는 말씀드린 대로…

오, 맙소사…

구룡도에서 벗어날 때부터 낌새가 이상했는데…

지금 우라노의 혼란이 모두 엘가의 소행이라니…

아무리 귀족들의 사고방식이 일반인과 차원이 다르다지만

어떻게 이런 규모로 민간인들을 학살하면서 구멍난 재정을 메꾸려는 계획을…?

악마는 상냥하다더니…

가이린, 이거 봐요.

우리 가문의 인장이 기계들의 공격으로부터 보호해 준대요.

나중에 지우면 되니까…

……

전부 거짓말…

여기 사람들… 못 믿겠어. 무서워. 난 앞으로 어떻게 되는 거지?

결국 인장이 찍힌 엘가의 다른 노예들처럼…

팀 이름으로
제트 스트림…
어때요?

당장의 거래를 위해
급한 대로 우선 씁시다.

나중에 더 좋은
대안 있으면 교체하면
되니까.

오케이?

놈들의 비위를
최대한 맞춰 팀을
이루자고.

어떻게 해서든
엘가와의 연결 고리를
만들어서…

오케이!

등록!

제트 빼고
그냥 스트림으로
가지?

내 이름을 빼자고?
우라노 신용의 상징을?
너 생각 있는 거냐?

네이밍 보고
마을 단위로 테러봇
제거 요청이 쇄도할
거란 말야.

근자감 쩌네.
네 오명에 일 없을까 봐
그게 걱정되거든?

특히…
다이크, 저 친구랑
친해져야 한다. 엘가와의
연결 고리…

저, 다이크 씨?
궁금한 게 있는데…

응? 그냥
다이크라고 불러요.
팀원끼리 서로
말 놓읍시다.

다이크,
지금 복장… 붉은늑대
유니폼이죠?

어? 어떻게
알아?

아, 전에 붉은늑대 지원하려다 외행성행을 택했었거든.

근데 엘가 소속이면서 우리랑 일하는 게 가능해?

그 집안 일은 그만뒀어.

이 옷은 기계 사냥 때, 혹시나 생존에 유리할까 해서…

그… 그럼…

뭐야, 염병. 더 이상 엘가 소속이 아니라면 우린 헛다리 짚…?

어이없네. 기계들이 엘가 옷까지 구별하면서 살려둘까?

닥쳐!

진짜는 바로 이거지! 10억짜리 엘가의 인장!

10억…?

시세 알아봐. 그 이상의 가치가 있지롱. 기계들이 피하거든.

돈 많네…

공짜로 얻었어. 엘가의 집사와는 아주 특별한 관계라…

특별한…?

말한 그대로. 10억 정도는 별다른 대가 없이 주고 받는… 내가 얼마나 주목 받는지 이제 좀 알겠어?

두 사람은 날 만난 걸 행운으로 알아야 돼.

그럼 이거… 방향은 좀 틀렸지만 우리가 제대로 고른 거네.

팅

!

……

이거 봐! 이거 봐! 내가 뭐랬어?

내 이름 붙여서 팀 등록하자마자 바로 일거리 들어오잖아. 이게 네임 밸류라는 거야.

말도 안 돼. 어떤 멍청이가…

어, 진짜네. 하긴… 사람들 진짜 급하긴 하지.

야, 혹시 너한테 양심 품은 누군가가 엿 먹이려고…

바다는 비에 젖지 않아. 그런 모함 따위… 일단 요청에 답부터 하자.

요청을 접수하겠다는 답변이 왔습니다.

그래, 잘됐군.

팅

이 팀 말고도 두어 팀 더 잡아놔.

옛썰!

시찰단 앞에서 화력이 밀리는 경우를 대비해…

……

이 우주가 무한하다지만 동시에 참 좁기도 해. 우라노의 퀑 명단에서 고향 출신을 발견하다니…

저 이마의 표식을 치욕으로 알고 대부분 지웠을 텐데…

모쪼록 이 근성 있는 친구에게 우리의 제안이 경제적인 도움이 됐으면 좋겠군.

틱.

......

후우우… 한 달 반 전, 태모신교 종단 교구들을 찾아가 미친놈처럼 매달렸다.

그래서 겨우… 테이를 다시 만나게 됐다.

외행성 후지타의 아주 가난한 한 작은 시골 교구…

겨우 목숨만 유지한 상태로 거의 방치돼 있었다.

도대체 당신들 뭐하는 겁니까?

어떻게 종단에 헌신한 신도를 이런 곳에 버려둔 거냐고요?

이런 곳에 버려두다뇨? 말 조심하세요!

보호자라는 분이 이제야 찾아 와서는 겨우 한다는 소리가…?

이곳의 어려운 살림에도 불구하고 우리가 할 수 있는 수준에선

자매에게 최선을 다해왔어요! 우리한테 큰소리치는 당신은 뭘 했는데요?

......

흥!

당장 테이를 우라노로 데려오고 싶었지만 현실적으로 어려웠다.

우라노의 환율 폭락으로 행성 간 이동 쿵을 쓸 만한 돈을 마련하기가…

하즈에게서 받은 티켓과 포상금으로 간신히 다녀올 수는 있었지만

다시 데려온다고 한들 지금의 우라노는 너무 위험하다.

193

안 그래?

자네 말대로
팀 작업이니까 최고의
조건으로 시작하는 게
훨씬 더 유리하지.

전원 인장을
갖춘 팀이 얼마나
돼?

아직 없어.

그러니까! 그럼
우라노에서 우리가 제일
먼저 치고 나갈 수
있잖아.

압도적인
전투력의 우위에
주문이 쇄도할
거야.

이 일은
일처리 속도가 수익과
직결되니까.

우리 목표에
집중하자고. 효율성을
극대화해서…

아, 글쎄
두 사람 다른 데
가버리면?

믿을 수 없는
놈들이라고 이 바닥에서
낙인이 찍히겠지.

그럼 우린 다시
일 찾으러 외행성을
떠돌아다녀야
되고…

흐음…

뭐…?

너…
그… 그게…
진짜야?

구룡도 옥상…
에서의 일들 다시
생각해봐.

백작님과 집사…
대화를 듣기 전까지…
나도 연결 지어 생각
못 했어…

……

그… 그래.
그때 구룡도에
등장했던…

오, 이런… 맙소사! 엘가놈들 진짜 괴물들이었어.

어떻게 행성민들을 상대로 이런 짓거리를…?

가이린 넌…? 넌 괜찮아?

졸려…

뭐? 갑자기 그게 무슨 소리야?

진정제… 맞았어. 왠지… 자고 일어나면 기억이 사라질 것 같아.

나… 다시… 깨어나는 거겠지?

잊기 전에… 누군가에게는… 알려야… 할 것 같아서…

아…

……

가이린…?

야! 야, 인마… 정신 차려!

ZZZ…

……

……

안절부절

그래, 역시… 사천왕 계획까지는 별 의심 없었는데

이제야 확신이 들어. 하즈가 과로로 맛이 간 거야.

고산 납치라니? 그런 미친…

……

졸려…

ZZZ…

야! 야, 인마…

정신 차려!

이거… 언제 나눈 대화야?

방금. 네트워크 실시간 감시 중에 잡혔어.

우리가 처리할까?

아니. 내가 맡지.

수

ZZZ…

……

역시 한번 주의를 끈 사람은 결국은 문제를 일으켜.

ZZZ…

지난번에 치웠어야 했어. 지금이라도…

톡
톡

닥터가 쓴 약물, 과잉 반응 쇼크사… 정도로 하자.

잘 가요, 가이린 양. 그러고 보니…

ZZZ…

당신보다 당신 시신을 이용하는 게 아버지 하아켄을 잡는 데 더 유리할 수도 있겠군.

삼촌, 뭐 해?

앗, 아야!
도… 도련님!

응? 지금
뭐 하시냐고?

다… 닥터가
보충 영양제 얘기해서
제가 대신…

도련님은 여기
웬일로…?

푹

왜긴? 가이린이
걱정돼서 들렀지.

듣자하니
눈앞에서 테러를
목격했다며?

그것들 정말
괜찮은 거야? 만일
오작동이라면…

사전 통보된
일을 아버님께 미처
전달 못 한 제 불찰
입니다.

가이린 양은
자고 나면 괜찮아질
겁니다. 전문의 진단에
의하면…

……

……

가이린이라고…
엘가에 있는 친구야.
백작과 집사의 대화를
엿들었대.

방금 그 얘기
누구한테 들은 거야?

역시…
늑대굴의 예상이
들어맞았어.

다이크…
이래저래 임무
완수에 필요한
녀석이로군.

글쎄, 솔직히 그건 좀… 믿기 어려운걸.

자네가 엘가의 결정권자라면 그렇게 하겠어?

그게 맹점이지. 그걸 노린 거야.

인장 팔려고 그런 짓을 벌인다…?

가장 먼저 뻔한 의심을 받을 텐데?

모두들 설마 그랬겠냐는 반응으로 의심을 거뒀잖아.

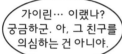

가이린… 이랬나? 궁금하군. 아, 그 친구를 의심하는 건 아니야.

그 친구… 꽤 중요하겠어. 평의회 게시판에라도 등장한다면…

모두들 주목! 우리가 여기 모인 목적 잊었어?

어차피 진위 여부는 기억 읽는 콩에게 맡기면 되니까.

그건 있어서는 안 될 일이지.

누가 무슨 일을 일으켰는지 그게 우리한테 왜 중요해?

쿵들한테 별다른 제제나 제한 없이 합법적으로 돈을 벌 기회가 열렸잖아.

아무리 그래도… 이건 좀 아닌 것 같다.

아놔, 이 미친…! 민중? 핏값? 너 뭐야? 갑자기 왜 이래?

우린 그저 여기저기 굴러다니는 돈만 쓸어담으면 되는 거야.

엘의 소행인 걸 뻔히 알면서 학살 당하는 민중의 핏값으로 배를 채우자고?

엘가의 부역자로 사람들 고혈 잘도 빨아 마실 땐 언제고…?

아, 누구 소행이면 어떠냐고! 우리가 우주 경찰이야!

어디서 쓸데없는 헛소리를 듣고 와서 개소리야?

야, 너 우리 팀에서 나가!

지금 찬밥, 더운밥 가릴 때냐 말야, 미친놈아!

염병! 이런 사실을 몰랐다면 모를까 이걸 알고도…

누가 사람 죽여서 돈 벌재? 목숨 지키는 대가를 받자고!

우리 이 일의 한도를 정하자!

웃기지 마, 이 또라이야! 100억도 아니고 고작…

닥쳐! 스트레스? 세금 안 내려고 내뱉는 그것들 개소리가 집도 없는 네 입에서 왜 나와?

인당 10억! 딱 그 돈만 챙기고 엘가를 평의회에 고발하는 거다!

100억? 왜 건물주라도 되시게? 스트레스 감당할 맷집이나 있어?

월세에 허리 휘는 사람들 등골 빼먹는 주제에 그럼 그 정도도 감수 안 하겠다고? 에라이…

저기… 여보게들? 우리 아직 10원도 못 벌었거든?

아, 그리고 그 가이린이라는 친구 말이야. 꼭 한번 우리랑 대면하게 해줘.

일단 10억까지는 같이 가고, 팀 유지는 그 이후에 다시 생각하자고.

어떤 변수가 있을지 모르겠지만 그 친구… 꽤 큰 역할을 하게 될 것 같아.

하즈 그 친구 입장에서야 반가운 제안일 테지. 언제 볼래?

좋아. 내일 점심 같이하자고 해.

언제든?

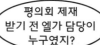

평의회 제재 받기 전 엘가 담당이 누구였지?

패드릭…?

그 친구도 식사 자리에 동석시켜

하필이면 도련님이…

팅

!

……

내일 점심… 오케이!

이제 8 우주의 그 누구도 상상조차 못 했던 일이 일어난다.

사천왕 테러가 장기화되면 엘가는 궁지에 몰려.

고산… 어차피 내가 원하는 걸 내놓지 않을 테니

내가 직접 가지러 가는 거다.

나비야!

팅

무슨 일이야?

상대가 누구든 마음의 동요가 없는 너희가 이래서 좋아.

201

엘가놈들…
완전히 미쳤어.

구룡도
일만으로도 꽤나 큰
충격이었는데…

그 사건 이후,
가장 염려했던 건
가이린의 거취…
엘가에 머물게
될줄이야.

사천왕 테러까지
모의하다니…

그건 이번 사태의
신호탄에 불과했어.

아이러니하게도
지금 우라노에서 가장
안전한 곳이 됐다.

백작은 다행히
가이린에게 무례하게
굴지 않을뿐더러

대체 난
이 상황을 어떻게
받아들여야 하지?

젠장할…!
난… 난 도대체
뭐야?

나와의 일과는
무관하게 사적인
호감을 드러내고
있어.

그 아이가
귀족의 눈에 들어
안전하게 살 수 있길
바랐는데… 그 상대가
하필 엘이라니.

애비 자격도 없는
인간이… 뒤늦게 뭘
어쩌겠다고 이러고
있는 거냐고?

츠
르
르

치
잉

착

스
윽

······

방금 패왕 측에서
메시지를 확인했군.

지난 두 달간
패왕의 하이퍼 쾽
경호대를 상대로
테스트봇들이
수고 많았어.

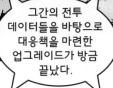

그간의 전투
데이터들을 바탕으로
대응책을 마련한
업그레이드가 방금
끝났다.

좋은 타이밍,
오늘 패왕의 수하들로
실험해보고

내일 고산을 만나
우리의 전투력을 활용
하는 거야.

슈
슈 슈
슈

네가 구룡도를
날려버린 본체 중
하나라고?

너희를 찾아
두 달간 우라노를
샅샅이 뒤졌는데…
이렇게 제발로
우릴 찾다니…

구룡도가
행성위와 충돌한 지
불과 1시간 만에

완전 분해돼
흔적도 없이 사라졌지.
그 거대한 잔해로
로봇 군단을 만들
줄이야.

재밌네. 어제 인장 매출이 얼마나 올랐게?

글쎄…

가격을 10배로 올린 후 오히려 100배 늘었어.

이렇게 한 달만 가면 도시 재건비 다 뽑겠다.

게다가 야반도주했던 노예들 있지?

자기 발로 다시 돌아오고 있어.

손바닥 인장의 가치에 자부심까지 느끼는 분위기야.

이거야말로 일석이조 아니냐? 역시 우리 집사님…!

후우우우…

하즈 님… 내일은 오전부터 중요한 일정이시네.

덩달아 우리도 몇 시간 못 자겠다.

아침엔 오돔, 점심엔 고산…

이거 괜히… 나까지 긴장돼.

다음 날 아침

……

207

없어! 집무실에도 안 계셔!

쿵 경호원들에게 도움은 요청했어?

이럴 분이 아닌데…

뭔가 문제가 있는 거야. 절차는 어긋나지만 당장은 백작님께서라도…

아직 주무셔. 다행히 닥터 얘기로는 오전 11시까지는 깨실 거라니까

오돔 공작과의 점심 약속은 지장 없을 것 같은데…

문제는 하즈 님 몫의 오전 일정…

도련님…! 도련님께 알리자!

뭐?

아니, 공작과의 약속인데… 대체 어딨는 거야?

아… 아버지는?

어제 약물 때문에 아직 주무시고 계십니다.

이런 젠장! 잘들 한다, 잘들 해! 귀족 간에 이런 결례라니…

알았어! 내가 대신 마중 나갈 테니까

공작을 최대한 붙잡아둬!

이거… 벌써
세 잔째로군.

이러다
물배 터지겠어.

이런 경우 없는…
대체 이 사람들 무슨
생각이야?

……

지금 얼마나
지났지?

40분을 이제 막
넘기고 있습니다.

살다 살다…
이런 대우를
받아보네.

……

집에 가자.

예, 공작님.

차라리 잘됐습니다.
엘가가 우리에게 적절한
명분을 만들어준
꼴이니…

이참에 거리낌없이
하시고 싶었던 일들을
진행하시죠.

그래, 앞으로
엘가의 인장 수익은
전부 내 거다.

이곳에
잔류하고 있는 내 경호대
전부 복귀하라고 해.

……

……

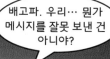
배고파. 우리… 뭔가
메시지를 잘못 보낸 건
아니야?

행성 간 시간 차를
서로 잘못 알고
있다던가…

몇 번 확인했어.
직접 연락해봤는데
라인 연결도
안 돼.

뭔가…
일이 생긴 것 같아.

주인님, 제가…
가서 확인해 볼까요?

그럴래?
그래, 사실 조금 걱정
되기도 하니까.

지금 몇 시야? 장난해?
우라노에 지금 넘쳐나는 게
쿵인데 기억 읽는놈 하나를
아직도 못 데려와?

탕

이건 못 하는 게 아니라
안 하는 거잖아! 당신들 왜 이래?
붉은늑대의 자긍심을
잊었어? 당장…

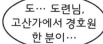
도… 도련님,
고산가에서 경호원
한 분이…

뭐?
고산가에서?

그… 그게 무슨 소리에요? 가족이라니?

테이를 깨워요? 데리고 갔다고?

말씀드린 대로예요. 다이크씨 얘기를 했더니 연락처를 남기고 갔어요.

신분 확인했는데 가족 맞아요. 궁금한 건 여기로 문의하세요. 그럼, 이만.

……

아니, 이것들이 미쳤나? 내 동의도 없이…

틱 틱

뭐? 가족이 맞다고?

테이에게 가족이라니…

내겐 따로 언급한 적이 없었는데…

팅

세인트가의 바마드 공작 라인입니다. 무엇을 도와드릴까요?

아, 테이… 테이의 남자친구 인데요.

아, 테이 아가씨? 잠시만요. 연결해 드릴게요.

세인트가의… 공작? 테이 아가씨?

뭐야, 제대로 연결된 거야?

팅

테이의 남친? 자네가? 어느 가문 사람이야?

213

덕분에 아이는 현실감각 없는 멍청이가 돼버렸고

어느덧 이상을 쫓으며 시시비비를 가리는 태도가 가족에게로까지 향한 거야.

갈등이 최고조에 이른 어느 날,

아빠와의 언쟁을 말리던 엄마가 뇌출혈로 쓰러졌지.

결국 그 일로 부녀는 완전히 갈라섰어.

집안 사람 누구도 테이와 접촉하지 말라는 엄명과 함께.

그랬던 양반이 살날이 얼마 안 남게 되니까 마음이 누그러진 거야.

역시 혈육인 거니까. 테이를 많이 보고 싶어 하셔.

녀석을 찾기 위해 우라노를 시작으로…

테이가 귀족이었다니…

누구보다도 귀족 제도를 경멸했던 녀석인데…

……

그래, 차라리 잘됐어.

@#&%+! |&…

귀족이면 돈 좀 있을 테니 테이를 잘 보살펴줄 거야.

후우우… 다행이다. 하마터면 밑 빠진 독에 물 붓는 인생이 될 뻔했는데…

테이한테는 좀 미안하지만 이제 숨통이 트여. 구원받은 기분… 뭇시엘.

응?

예…

……

……

……

그래,
내 잘못이야.

괜히 바쁘고
피곤한 사람 오라 가라
했으니…

알았다고 전해.
백작한테 인사하고
바로 복귀하지, 뭐.
수고했어.

옛썰!

……

아, 왜
그러고 있어?
의자에 바로
앉아.

누가 보면
내가 자넬 질책
하는 줄 알겠어.

차마 뭐라고
드릴 말씀이…

지금
그런 소리도
내뱉지 마!

……

오돔 공작이 경호대까지 데려 갔다고요?

감정 표현도 아주 충분히 하셨지. 찻잔은 내던져져 박살 나 있었어.

생짜를 놓겠다는 심산이군.

이때다 싶겠지. 자기 화력을 빌린 대가를 엄청 불려서 뜯어내려고…

경우에 따라서는 물리적인 압력 의사도 내비칠 텐데…

사천왕에게 노골적으로 우릴 지키게 할 수도 없어. 그럼 이제 어쩐다…?

!

그래, 공작님은 뭐라셔?

알겠다는 말씀 전하고 바로 복귀 하라십니다.

그럼 전 이만…

!

잠시만, 페드릭!

자네와 밖에서 할 얘기가 있네.

알겠다는 말은 최악의 답, 더 이상 관심 없다는 얘기다. 납치 계획은 이미 물 건너 갔고…

이대로 페드릭을 보내면 엘가의 8 우주 진출 기회는 영영 사라져.

다급한 마음에 붙잡긴 했는데 저 친구한테 무슨 말을 하지…?

뭐라고 해야…

!

그래, 난감한 2개의 문제가 동시에 덮칠 땐 연결 고리를 찾아 하나의 문제로 만든다…

스승에게 배운 기본에 충실하자.

물론… 출입하신 숙소 현장 기억만을 확인하고 바로 옷방을 열어볼 수 있었습니다.

그럼 내가 귀가 전 오돔의 경호대원에게서 음료수를 건네받은 건 못 봤겠군.

사실 확인이 필요하다면 내 몸에 남은 기억을 읽어도 좋네.

아…

그럼…

탓

날 믿는군. 역시 진심은 통한달까?

설마 자넨 내가 고산 공작님께 그런 결례를 범할 인간으로 보이나?

그럴 리가요? 하즈 님은 매사 대단히 진중하신 분인걸요.

고맙네. 자네라면 사실대로 얘기해도 되겠군.

지금 엘가의 인장 사업을 가장 욕심내는 사람이 바로 오돔 공작이라네.

내가 고산 공작님을 알현한다고 하니 수하를 시켜 몰래 수면제가 든 음료를 마시게 했어.

오늘 일어난 어처구니없는 일은 모두 고산 공작님을 견제하려는 오돔 공작의 계략일세.

역시…

주인님의 빠른 판단이 옳았습니다.

인장 판매 소식에 외행성 귀족들이 관심을 보이기 시작했어요.

사무에 지장이 있을 정도로 우라노 귀족연합에 문의가 빗발친답니다.

뒤늦게라도 합류해 콩고물이라도 줍겠다고…

언제나 뒷북 치는 바보들이 있지.

그래도 우라노에 관심을 가질 정도라면

평균 이상의 화력들은 가진 녀석들일 텐데?

분명 우리가 경계해야 할 상대가 있을 거야.

예, 실지로 귀족연합의 모호한 답변에 다짜고짜 무력 행사를 언급한 경우도 있었답니다.

현재 우리 전력 손실이 얼마나 되지?

엘가 사태로 거의 80% 이상을 잃었습니다. 지금 화력으로는…

그렇게나? 엘가가 우리에게 지불할 돈이 꽤 되겠네. 화력이야… 빌리면 되니까.

아…

빌린다고 하시면…?

응, 우라노의 현장 분위기가 좀 거칠어질 필요가 있을 것 같아.

몸 고생 중인 바후 동생에게 알려.

......

수면제…?

변명 참…
구차하고 성의
없네.

하즈…
연이어 실망이야.

내가 오돔을 싫어
한다는 걸 오며 가며
주워들었겠지.

억지로 접점을
만들어 핑계 대는 걸
보면…

지금 인장 가격이
얼마라고?

일반인들에게는
10억에 거래된다고
합니다.

하즈의 말이
사실이라면 오돔이
상당히 욕심내는
모양인데…

틱
틱

......

워어어어…

우라노…
엄청 부자네…
최악의 조건을 상정한
예상 수익이
이 정도라면…

오돔이 하즈에게
수면제 먹여가며 열을
올릴 만하겠어.

이거…
다른 외행성놈들도
몰리겠는데?

오돔이 이걸
뺏기지 않으려면
상당한 수준의 화력이
필요하겠어.

엘가 일로
전력 손실이 꽤
크다던데 그럼…

대충 앞으로 어떻게 전개될지 예상이 가…

… 면서 갑자기 혈압 오르네.

아, 역시 바후 백작의…

닥쳐!

네 입에서 그 이름이 왜 나와? 무슨 자격으로?

요… 용서하십시오. 제가 주제넘게 그만…

당장 나가!

죄송합니다. 실수였습니다. 부디…

아, 꺼지라고!

꺼져…

……

쯧쯔쯔…

멍청아, 언급할 이름이 따로 있지.

하필이면 그 이름을 주인님 앞에서…

오돔을 싫어하는 이유가 그의 이종사촌 때문이라는 거 누구보다도 잘 알 거 아냐?

바후라니… 선대 공작님 암살범 이름을 잘도 도련님 앞에서?

너희가 지켜내지도 못한 주제에…

221

……

왜 날 깨우지
않은 거냐?

그런 얘긴
부재중 전화 목록부터
확인하고 해.

네 수면 바이오리듬에
큰 위험은 없어서 결국
내버려둔 거야.

우린 준비를 마치고
대기 중이었다. 너희
인간들은 돌발변수로
항상…

아, 됐어! 그만해.

납치 대신 바뀐
전략의 효용성을
계산하다가

흥미로운 걸
발견했어. 고산이
오돔을 싫어하는 이유가
아버지의 죽음 때문
이더군.

오돔의 사촌 동생
바후 백작이 암살을
지시했었대.

아, 그 얘기…
들었던 기억이
있어.

그런데 그게
오돔의 사촌…
이었구나.

어떻게
전개될지 모르겠지만
그 둘을 연결시킨 건
나쁘지 않은 것
같아.

뭘 그 정도
가지고…

손 안 대고
코 푸는 방법을 다시
생각해본 거야.

자기 손에
피를 묻히는 건
하수들이나 할
짓이잖아.

팅

하즈, 당장
내 방으로 와.

......

솔직하게 털어놔.
가이린에게 무슨 짓을
하려고 했던 거냐?

실수로 본인에게
주사한 뒤 잠든 걸 보면
성분은…

치사량을 넘겨
조용히 치우려고
했습니다.

그러니까 왜…?

팅

사천왕이 제게
보낸 통화 영상입니다.
끝까지 보시죠.

......

......

가이린 양
한 사람 때문에
전체를 위험에
빠뜨릴 수는
없었습니다.

누구라도 저처럼
했을 겁니다!

......

푹

그런데…
가이린 양 방에
카메라는 언제…?

응?

뭐… 뭐야, 지금 누굴
쓰레기 파렴치한으로
몰고 가는 거야?

네가 하려던
짓거리에 비하면
난 그저 신변의
안전을 위해…

아냐! 지금 중요한 건
그런 게 아니야!

가이린이…
우릴 두려워하고 있어.
도대체 이게 무슨
꼴이냐고? 난…

……

잘 들어! 이건 앞으로
추가되는 우리의 기본
정책이야!

앞으로 엘가는
가이린에게 가장
안전한 장소가
된다!

알겠나? 따라 해!

그러려면
우선 카메라부터
치우시는 게…

시끄러! 그랬다면 내가
네 의도를 어떻게 알았겠어?
문제는 가이린이
아니야!

다이크라는놈…
그 자식이 어떻게 농락했길래
우리 가이린이 자꾸 매달리는지
모르겠지만…

그놈 때문에
가이린이 계속 흔들리는
거라고! 그놈만…

그놈만
없어지면 돼! 그러니
당장 치워버려!

224

16권 마침.

DENMA 16

ⓒ 양영순, 2020

초판 1쇄 인쇄일 2020년 5월 21일
초판 1쇄 발행일 2020년 5월 28일

지은이   양영순
채색   홍승희
펴낸이   정은영
편집   고은주 정사라 문진아

펴낸곳   ㈜자음과모음
출판등록   2001년 11월 28일 제2001-000259호
주소   (04047) 서울시 마포구 양화로6길 49
전화   편집부 (02)324-2347, 경영지원부 (02)325-6047
팩스   편집부 (02)324-2348, 경영지원부 (02)2648-1311
E-mail   neofiction@jamobook.com

ISBN 979-11-5740-333-2 (04810)
      979-11-5740-100-0 (set)

이 책에 실린 내용은 2018년 4월 16일부터 2018년 10월 1일까지 네이버웹툰을 통해 연재됐습니다.